참 고맙습니다

참 고맙습니다

발행일   2023년 11월 30일

지은이   김순아
펴낸이   손형국
펴낸곳   (주)북랩
편집인   선일영   편집   윤용민, 배진용, 김부경, 김다빈
디자인   이현수, 김민하, 임진형, 안유경   제작   박기성, 구성우, 이창영, 배상진
마케팅   김회란, 박진관
출판등록   2004. 12. 1(제2012-000051호.)
주소   서울특별시 금천구 가산디지털 1로 168, 우림라이온스밸리 B동 B113~114호, C동 B101호
홈페이지   www.book.co.kr
전화번호   (02)2026-5777   팩스   (02)3159-9637

ISBN   979-11-93499-79-5 03810 (종이책)   979-11-93499-80-1 05810 (전자책)

(주)북랩 성공출판의 파트너

북랩 홈페이지와 패밀리 사이트에서 다양한 출판 솔루션을 만나 보세요!

홈페이지 book.co.kr • **블로그** blog.naver.com/essaybook • **출판문의** book@book.co.kr

작가 연락처 문의 ▸ ask.book.co.kr

작가 연락처는 개인정보이므로 북랩에서 알려드릴 수 없습니다.

참 고맙습니다

김순아 지음

홀로여도 괜찮을 것 같았던
인생의 후반기에 따뜻한 손길이 들어서다

북랩

·차례·

7   구청에서 왔습니다

13   산정특례 제도

25   코로나19 재난 지원금

27   대한민국 우리나라

30   간호·간병 통합 서비스 병동

32   대한민국 우리나라 사계절 이미지

38   우리나라에는 좋은 사람들도 참 많다

42   고향 친구

50   잘한 일이 때로는 잘한 일이 아닐 수도 있다

52   나는 세월에게 참 많이 고맙다

59   세월에 띄우는 그리움

67   장마

69　　　　지나가는 여름 손님

73　　　　지금은 2023년도의 봄이 오고 있는 중

85　　　　셀프 위로

96　　　　기다림

98　　　　2023년도의 봄

103　　　　봄 그리고 노인의 봄

112　　　　아버지와 산딸기

113　　　　붓꽃이 필 때면

115　　　　행복은 어디에

118　　　　가을 그리고 추석

126　　　　65살 할매가 책을 출간하고 싶은 사연

구청에서 왔습니다

2021년 겨울의 어느 날, 내가 모르는 전화번호로 전화가 한두 번 왔었지만, 나는 잘못 걸려 온 전화인 줄 알고 전화를 받지 않았는데….

그 이후 어느 날, 우리 집 현관문을 두드리는 소리가 들려왔다.

그래서 현관문 가까이 다가가서 "누구세요?" 이렇게 여쭤봤더니 "구청에서 왔습니다."라고 말씀을 하신다.

구청에서 무슨 일로 우리 집을 찾아오셨을까. 많이 궁금한 마음으로 현관문을 열었더니 구청에서 오신 분들께서 전화를 몇 번 드려도 전화를 안 받아서 오셨다고 말씀을 하시면서 별일 없으시냐고 걱정스럽게 물어보셨다.

그래서 나는 "예, 제가 모르는 전화번호라서 그래서 전화를 받지 않았던 것 같습니다." 이렇게 말씀을 드렸더니 "그 전화번호는 구청 전화번호입니다."라고 말씀을 하셔서 내가 모르는 전화번호라 받지 않았던 그 전화번호는 내가 살고 있는 우리 동네 구청의 전화번호였음을 그때 알게 되었고, 구청에서 전화를 해도 안 받으니까 직접 집으로 찾아오신 분들이었다는 것을 알게 되었다.

구청에서는 그때에 내가 처해 있는 상황을 이미 잘 알고 오신 것 같았다. 그때에 내가 처한 상황은 암 환자이면서 소위 말하는 독거노인이었기에, 그래서 독거노인이라고 구청에서 나의 안위를 살펴 주겠노라고 말씀을 하셨다.

나는 "아직은 그냥 이대로 도움 없이 지내도 괜찮습니다." 이렇게 말씀을 드렸더니, 구청에서 오신 분들께서 "그러시면 언제든지 도움이 필요하실 때 꼭 연락을 주세요." 이렇게 말씀을 하셨다.

그리고 그때 구청에서 오신 분들께서 구청에서 나의 안위를 살펴 주겠노라고 몇 번이나 말씀을 하셨지만 내가 다음으로 미룬 이유는 암 환자이면서 독거노인이긴 해도, 아직은 나이가 60대 초반이라서, 그래서 아직은 나 스스로 지낼 수 있다는 이런 마음에서이기도 했을 테고, 또 한편으로는 이 나이가 되도록 살아오면서 인생사를, 세상사를 남한테 도움을 받아 본 적이 별로 없어서 그런지 다른 사람들한테 도움을 받는다는 것이 왠지 많이 부담스럽고 미안스럽고 그랬기에.

그래서 그때에는 구청에 도움을 청하지는 않았지만 그 이후로 드는 생각은 '사람 일은 모르는 일이란 이런 말도 있지 않은가.'였다.

물론 그런 일이 있어서는 안 되겠지만, 만약에라도 차후에 나의 삶이 힘들어도, 그렇다 할지라도, 적어도 굶어서 죽는 그런 일은 없겠구나 싶고 그래서 안심이 되었다.

그리고 앞으로의 남은 삶에 있어서도 조금은 안도를 하게 되었고 우리나라, 이 대한민국에는 국민을 위한 복지 정책이 이렇듯 '아주 참 잘되어 있었구나' 하는 이러한 마음이 내게 드는 것은 아마도 지금 나의 삶이 이렇듯 독거노인의 삶이다 보니 그러하리라.

　그리고 내가 독거노인이 된 것을 우리나라에서 제일 먼저 아시는구나 싶었고, 또 알게 모르게 우리나라의 보호 아래서 살고 있음을 다시 한번 새기며 깨닫게 되는 그런 계기도 되었고, 말하자면 나의 삶이 힘들어졌다고 내가 말하지 않아도 나의 힘듦을 먼저 알아주시는 것 같았고 그랬다.
　내가 처한 처지가 힘들다고 말하지 않으면 나의 힘듦을 알아줄 이가 이 세상에 몇이나 있을까.
　이런 나의 삶도 우리나라에서는 알아주시고.

　그리고 내가 65살이 되도록 살아오면서 몰랐던 것들도 알게 되었다. 내가 이 나이 먹도록 몰랐던 것은 평소에 병원 치료비가 많이 필요한 그런 치료를 받아 본 적이 없었기 때문이고, 또 그 당시에는 독거노인이 아니었기 때문일 테지만 전후 사정이야 어쨌든 지금은 이렇게 아주 잘된 우리나라의 복지 정책에 힘입어 그 도움 아래서 이렇게 살아가고 있음이.

참 고맙습니다

이 얼마나 감사한 일이며, 이 얼마나 고마운 일이며, 이 얼마나 다행스러운 일인지.

지금의 나는 그저 독거노인에 불과한데, 독거노인이라는 신분에 처한 나도 이렇듯 든든한 대한민국의 국민 중 한 사람이어서 다행이다. 우리나라의 복지 정책이 이렇게 참 잘되어 있음에 감사하다.

물론 차후에라도 우리나라의 복지 정책에 힘을 빌리지 않고 나의 삶은 나 스스로 이끌어 가길 바라며 나름 노력도 하지만, 그렇지만, 만약에라도 하는 이런 마음에서. 내 마음이야 나라의 힘을 입기보다는 나라에 힘이 되는 그런 삶이길 늘 소망하기에.

그리고 그때, 그날, 구청에서 오신 그분들을 뵙고 느끼게 된 것은 대한민국 공무원분들은 본인이 맡은 바 임무에, 직무에 정말로 성실히, 충실히 최선을 다해서 일을 하시는구나 싶었다.

구청에서 공무원분들이 우리 집을 찾아오신 그때 그 당시에는 내가 유방암 항암 치료 중일 때라서 항암 부작용이 심해서 한 번 움직이는 것도 많이 힘이 들었기에, 그래서 현관 벨 소리를 듣고도 바로 문을 열지 못하고 있었음에도 한두 번 문을 두드리다 그냥 가실 줄 알았는데, 가지 않으시고 문을 열 때까지 계속해서 문을 두드리고 계시는 그 모습에서 국민 한 사람의 안위를 이렇듯 최선을 다해서 세세히 챙기시는 이러한 모습을 목도하게 되었다.

참 고맙습니다

산정특례 제도

나는 이미 대한민국의 보건 의료 복지 정책의 덕을 참으로 많이 보고 있다.

암 치료 비용을 산정특례 제도로 지원받아 치료를 받고 있으니 더욱 그렇다.

사실 산정특례 제도와 국민건강보험이 없었다면 아마도 나는 엄청나게 큰돈이 필요한 유방암 치료를 받을 수 없었을는지도 모르는 일이고, 아니면 정말로 그냥 포기하고 살았을지도 모르는 일이다.

나는 내가 유방암에 걸렸다는 사실을 대강 직감을 하면서도 병원에도 가지 않고 '그냥 대충 사는 날까지 살아 볼까' 이런 생각도 했었기에.

어디선가 들었던 '암의 생존율은 몇 년' 이런 말이 나를 그렇게 살게 하는 이유가 되었다.

'그래, 앞으로 한 몇 년 정도만 더 살면 되겠구나.'

이런 생각을 가지고 살았던 내가 대한민국의 보건의료 복지 정책인 산정특례 제도로, 국민건강보험으로 선항암 수술, 방사선, 표적항암 이렇게 여러 개의 치료를 받게 된 것이다.

그리고 나도 젊은 날에는 직장 생활을 했으므로 세금도 내고 또 내 소유의 집이 있을 때는 재산세도 내고 그랬으나, 지금에 나는 가진 재산도 별로 없으니 그래서 건강보험료도 적게 내는데, 그럼에도 이렇듯 많은 도움을 받게 되었다.

나의 아픔을 치료해 주시고, 나의 지친 마음을 위로해 주시는 가장 든든한 보호자는 대한민국의 다양한 복지 정책이라는 이런 마음이 들고, 그래서 나도 우리나라에 도움이 되는 뭔가를 할 수 있는 그런 노인이 되었으면 하는 마음이 크다.

그러나 내가 가진 재산이 많지 않으니 기부도 못 하고, 그래서 자원봉사라도 하고 싶은데 이미 늙고 병이 들어서 이 또한 마음뿐이고.

이렇듯 이렇게 마음뿐인 이런 현실 앞에서 지금 내가 앉은 이 자리에서 우리나라를 위할 수 있는 일은 그저 고맙고 감사한 마음으로 살아가며 늙어 가는 것밖에는 별도리는 없는 듯하여.

'많은 도움을 주서서 정말로 고맙습니다.' 이러한 마음으로 인사라도 드리고 싶지만, '그 어느 곳에서, 어느 누구에게, 어떻게 하면 되려나.' 생각을 해 봐도 이 또한 마땅한 답을 찾을 수가 없어서.

그래서 나는 하루에도 몇 번씩 혼잣말로 "대한민국은 참으로 좋은 나라입니다." 하고 속삭인다.

때로는 잠을 자다가도 잠에서 깨어나면 참으로 감사하다는 마음이 들어서 "대한민국은 참 좋은 나라입니다." 이렇게 우리나라에 고마움을 전한다.

때로는 고마운 마음에서 또 미안한 마음에서 나 스스로에게 위안을 해 보기도 하며, 말하자면 미안함을 어떻게든 조금이나마 덜고 싶은 이러한 마음에서일 테지.

비록 지금은 늙은 여인 할머니에 불과하지만 나 또한 더없이 젊은 날에는 밤낮으로 일하였다.

물론 내가 그렇게 살아온 것은 대한민국 우리나라를 위함이 아니라, 너무나도 가난한 한 집안 육 남매의 맏이로서 우리 집 가정 경제를 위해서, 말하자면, 공순이 생활을 오래도록 해 왔다,

정말로 나름 최선을 다한 그런 삶이 아니었던가.

덜 쓰고, 덜 먹고, 덜 입고, 더 일하면서, 그야말로 성실히 열심히 공장에서 일만 하면서 그리 살지 않았던가.

그렇게 부지런히 돈 벌어 우리 집에 보내는 것이 내 인생인양, 내 책무인양, 내 의무인양, 나는 그렇게 살지 않았던가.

내 인생에 나는 없는 그런 삶이 아니었던가.

나 또한 나를 위한 그러한 삶도 살았더라면 오늘날 이렇듯 대한민국 복지 정책의 힘을 빌리지 않아도 되는 그런 삶이었

을 테니 말이다.

  그렇게 힘겹게 열심히 살아온 나의 삶.

  그러나 이런 나의 삶이 결국은 더 고통스러운 삶으로 가는 그런 길이 되었기에 그래서 나는 본의 아니게 가정이란 굴레 속에 갇히게 되는 그런 아주 불행한 신세가 되었다.

  말하자면, 최선을 다해서 살아온 그 삶이 그런 이유가 되어 버렸기에, 이토록 억울한 이 모든 일들이 그토록 열심히 일해 근검절약해서 그렇게 돈을 벌지 않았더라면 절대로 일어나지 않았을 그런 일이었기에.

  그렇게 본의 아니게 시작된 그 길이 결국에는 오늘날 이렇게 독거노인이 되는 신세가 되었고, 거기다가 유방암 환자가 되는 길로까지 이어졌기에.

  모든 병에는 이런저런 위험인자가 있기 마련이지만 그러나 그 병에 해당되는 위험인자가 없어도 그 병이 생기는 것을 볼 때, 내가 경험한 바로는, 스트레스가 많은 영향을 차지하는 것 같았다.

　인터넷 기사에서 보고 알게 된 것을 써 본다면 유방암 위험
인자에는 가족력 출산 및 수유, 기름진 식단 비만, 운동 부
족, 음주 등등이 있다. 이중에서 내게 해당되는 유방암 위험
인자는 하나도 없었다.
　이렇듯 유방암 위험인자가 하나도 없어도, 그럼에도 이렇게
유방암 환자가 된 것은 가정에서 극심하게 받은 스트레스로
인해서 그 결과가 병으로 나타난 것 같았다.

　내가 앉은 자리가, 말하자면 가정이란 울타리가 얼마나 척
박한 스트레스 굴레 속이었으면 유방암이란 진단을 받고도
담담하고 초연했었다.
　그래, 사람이 그렇게 모진 세월을 버티고 견뎌 왔으니 당연
한 결과가 아닌가. 그렇다, 그렇게 살아온 내가 병 안 들고 멀
쩡하다면 그게 오히려 더 이상한 것 아닌가.
　그랬었다. 큰 병이 든 것을 당연하게 받아들일 만큼

내 삶의 자리는 그야말로 스트레스 굴레 속이었음을.

  그리고 그렇게 열심히 일해서 돈을 벌었으나, 그랬으나, 그렇게 번 그 돈이 원인이 되어서 내 인생이 왕창 망해서 지옥 같은 굴레 속에 갇혀 1980년대에 삼시 세끼 끼니를 때우고 사는 것도 어려운 형편이다 보니 때로는 이런 날도 있었다.
  어느 해 봄날, 마땅한 반찬거리가 없어서 이리저리 찾아보니 된장이 조금 있길래 된장국이라도 끓여야겠다 싶었지만, 된장국에 넣을 재료로 마땅한 게 아무것도 없어서 어쩌나 싶었는데 마당에 있는 수돗가에 물을 뜨러 갔더니, 그때 살았던 그 집은 셋방살이를 하는 사람들이 공동 수도를 사용할 때라서 마침 주인집 아지매가 김치 재료를 다듬고 버린 배추 꽃대가 서너 개 정도 있었다.
  봄이면 배추 꽃대가 올라오는데, 이름하여 '장다리꽃'이다. 그 장다리 꽃대를 주워다가 된장국을 끓여서 먹었던 기억.

  그렇게 열악하고 고달픈 환경 속에서, 세월 속에서, 가정이란 이름의 울타리를 지켜 내느라 거센 파도 몰아치는 망망대해 종이배에 내 인생을 실은 아슬아슬한 그런 삶을 오래도록 살지 않았던가. 본의 아니게 살아 내야만 하는 그런 인생이 아니었던가.

40여 년의 세월 속에서 눈물 속에 하루가 지고 또 하루가 시작되고, 나는 그렇게 눈물에 만 밥을 40여 년이나 먹지 않았던가.

나의 젊음, 나의 인생은 한 많은 눈물에 떠내려 보내면서 그렇게 눈물과 한숨이 세월을 이루는 그런 억울한 세월. 40여 년을 살아 냈다, 버텨 냈다, 견뎌 냈다, 이겨 냈다.

이렇게 참아 내며 이렇게 살아 낸 그 결과 끝에는 몸과 마음에, 세포 마디마디에 병이 들어서 오늘날 이렇게 우리나라의 큰 도움을 받는 이러한 처지가 되었기에. 내가 이렇듯 우리나라에게 느끼는 고마운 마음 그 한편에 미안한 마음이 드는 것은 이 또한 너무나도 고마운 마음에서일 테지.

그렇다. 내가 젊은 날에는 너무나도 가난한 우리 집 가정 경제를 위해서, 그 이후로부터는 너무나도 가난한 한 가정이란 그 이름의 울타리를 지켜 내느라 이렇게 유방암이란 큰 병이 들었는데, 대한민국 우리나라에서 치료 비용으로 많은 도움을 받게 되다 보니.

몸이 아픈 것도 정말로 너무나도 고통스럽고 서러운데 거기다 많은 치료 비용까지 신경 써야 했더라면 그 고통이 얼마나 더 컸을까 싶은 이런 마음에서.

또 큰 병이 들면 무엇보다도 치료 비용이 제일 큰 부분이 되는데, 이렇게 제일 무거운 짐을 나라에서 덜어 주시니, 말하자면 산정특례 제도와 국민건강보험으로 치료를 받을 수 있음이 참 감사하다.

그래서 요즘 자주 하는 혼잣말은 지지리도 타고난 복도 없는 이런 나도, 그래도 이렇게 나라 복은 있으니 살아갈 의지도 생기고 희망도 되고, 그래서 사실 지금 나의 삶의 현실에 가장 큰 위로와 가장 큰 힘이 되어 주는 것은 무엇보다도 우리나라의 다양한 복지 정책이라고 나는 말하는 것이다.

그리고 나의 인생길만 고달픈 여정이 아니라 그 어느 누구의 인생인들 삶인들, 고달픈 날이 어찌 없으랴.

인생길이 어찌 꽃길만 있으랴….

인생길이란 이 길을 걷노라면, 가노라면, 때로는 가시밭길을 걸어야 할 때도 있고, 때로는 진흙탕길을 걸어야 할 때도 있고.

인생길이 늘 꽃길만 있지 않듯이 삶이란 이름에, 이 식탁 위에도 늘 행복이란 이 한 가지 메뉴만 올라오지 않는다.

때로는 웃음도, 때로는 눈물도, 때로는 희망도, 때로는 고통도.

물론 웃음이 많이 올라오는 그런 삶이라는 식탁 앞에 앉는 사람과 고통이 많이 올라오는 이런 삶이라는 식탁 앞에 앉는 사람. 그 차이는 있을지언정 말하자면 인생사, 세상사가 너와 내가 다 똑같을 수는 없으리라마는.

　그렇다 그러할지라도 그래도 인생길이란 이 길도 그 어느 정도의 길은 있으리라 싶고, 나 또한 순탄하던 내 인생길을 방해하는 방해자가 없었더라면 나의 인생길 여정도 그 어느 정도의 길이었을 테니, 그러했더라면 적어도 지금 이 나이에 이렇게 큰 병이 들어서 치료하느라고 너무나도 고통스러운 이런 일은 없었으리라 하는 이 마음에서, 이 미련에서 지금도 여전히 벗어나질 못하고 있으니…

　뒤돌아보고 뒤돌아보고 또 뒤돌아봐도 이렇게 뒤돌아보고 눈물지어도, 뒤돌아보고 한숨을 내쉬어도 아무런 소용 없고, 나는 억울하다고 하소연을 해 본들 이 또한 다 부질없음이란 걸.
　내 인생이 평온했던 그때 그 세월은 돌아와 주지 않으리라는 것을 내 어찌 모르리. 그렇다. 울어서 해결될 일이라면 일년 삼백육실오 일 밤을 새워서 울 텐데, 내 마음이 내 생각이 내 말을 듣지 않으니 이 어쩌리….

　내가 나를 설득하기조차 어려운 것은 아마도 순탄하던 내 인생길이 내가 의도하지 않은, 본의 아니게 지옥 같은, 아니, 지옥보다도 더 끔찍한 그런 진흙탕길이 되었기에 그래서 이처럼 노력을 해 봐도 이처럼 어려운 것인가 보다.

코로나19 재난 지원금

나는 우리나라에서 주시는 코로나19 재난 지원금을 35만 원이나 받았다. 우리나라 국민 전체 코로나19 재난 지원금 25만 원, 그리고 내가 살고 있는 우리 동네 구청에서 5만 원씩 두 번을, 코로나19 때문에 힘들었을 것이라며 챙겨 주셨다.

대한민국 우리나라가 아니라면 누가 나한테 코로나19 때문에 힘들었다고 돈을 35만 원이나 주겠나 싶고, 정말로 값진 돈이고 의미 있는 고마운 돈이었다.

그 덕분으로 반찬 한 가지라도 더 사서 먹게 되고, 이 얼마나 감사한 일인지.

그리고 코로나19 재난 지원금 신청을 하러 가서 서류 작성을

하려고 하니 노안이라 작은 글씨가 잘 안 보여서 많이 불편했
는데, 담당자분들께서 아주 친절하게 잘 설명해 주시고 도와
주셔서 별 어려움 없이 재난 지원금 신청을 할 수가 있었다.

도와주신 담당자분들께 정말로 많이 고마웠다.

그리고 우리나라에는 친절한 사람들, 좋은 사람들이 참으
로 많은 나라임을 다시 한번 더 느끼고 알게 되었다.

대한민국 우리나라

　65살 할매인 내가 감히 대한민국 우리나라를 주제로 이렇게 글을 쓰게 된 것은 우리나라에 고맙고 감사한 마음을 전하고자 함이다.

　나처럼 이렇게 큰 병이 들어서 병원 치료비가 많이 필요한 그러한 치료를 받으신 다른 분들도 하나같이 아주 잘되어 있는 우리나라의 복지 정책이 없었다면 우리 같은 서민 처지의 사람들이 어떻게 치료를 받을 수 있었겠냐고 하시면서, 정말 다행이고 정말 고맙고 감사한 일이라고 많은 분들이 말씀을 하셨다.

　우리나라에는 정말 다양한 보건의료 정책 그리고 다양한 복지 정책이 있다.

　정말로 그렇다.

앞서 말했듯이 나 같은 서민은 엄청난 치료비를 감당하기가 너무나도 힘이 들어서 유방암 치료를 포기했을지도 모르는 일이다.

그러나 포기 안 하고 치료를 잘 받을 수 있었음에,또 전화를 안 받는다고 구청에서 직접 집에까지 찾아오셔서 안위를 살피시고 걱정을 해 주시고 이렇게 늙은 할매의 든든한 버팀목으로 또 다른 보호자가 되어 주셔서 참으로 감사한 마음이다.

그리고 '아는 만큼 보인다'는 말처럼 아주 잘 되어 있는 보건의료 정책을 알게 되면서, 지금까지는 전혀 몰랐으나 우리나라에는 다양한 복지 정책이 참으로 많다는 것을, 그것도 아주 참 잘되어 있음을 알게 되었다.

그리고 우리나라에서는 이렇듯 국민 한 사람 한 사람의 삶을 챙기시며 이렇게 세세히 살펴 주시고 있음도 알게 되었다.

그리고 우리나라의 소중함을 다시 한번 더 생각해 보게 되고, 대한민국 우리나라의 보건의료 복지 정책이 아니라면 내가 아프다고 한들 그 어느 누가 이렇게 엄청난 치료 비용을 지원해 주고 도와줄 수 있었겠는가 싶고, 물론 가벼운 치료 비용 정도는 도움을 줄 수도 있고 또 도움을 받을 수도 있으리라 싶지만. 그래서 65살 독거노인인 나의 제일 든든한 보호자는 대한민국 우리나라가 아닐까 싶다.

그리고 나라의 발전과 안전을, 국민의 안전을, 국민의 삶을, 말하자면 대한민국 우리나라를 위해서 일하시는 모든 분들께 존경스러운 마음과 감사한 마음을 표하며 고개를 숙인다.

간호·간병 통합 서비스 병동

    내가 유방암 수술을 하고 병원에 입원했을 때 그때 나를 간호해 줄 수 있는 보호자가 마땅히 없었던 나에게는 또 다른 보호자 같은, 간호·간병 통합 서비스 병동과 같은 이러한 병동 덕분에 돈이 많이 드는 간병비 부담도 줄일 수 있었고 간호·간병 통합 서비스 이 제도는 참으로 든든하고 고마운 보호자였다.

    그리고 병실에서 불편한 일이 있을 때마다 벨만 누르면 바로 달려와 주시는, 간호사실에 근무하시는 모든 분들.

    때로는 벨을 누르지 않아도 찾아오셔서 어디 불편한 점이 없으시냐고 친절하게 물어보시고 조금의 불편함도 없도록 세세히 잘 보살펴 주시니 보호자가 곁에 없어도 큰 불편함 없이 치료를 잘 받을 수 있어서 간호·간병 통합 서비스 병동은 나에게는 참으로 더없이 편안하고 친절한 그런 보호자였다.

　병원에 입원했을 때 나를 간호해 줄 수 있는 보호자가 마땅히 없었던 나에게는 간호·간병 통합 서비스 병동과 같은 이런 제도의 병동이 있어서 그 얼마나 다행이었던가 싶다.

대한민국 우리나라
사계절 이미지

아름다운 대한민국 우리나라에는 봄이면 봄비만 내리는 게 아니라 꽃비도 내린다. 때로는 하얀 비로, 때로는 노란 비로. 그 이름하여 봄꽃비. 봄비 내리듯 꽃비 내리고, 눈송이 날리듯 봄꽃이 날리고.

바람 한 줄기 휙 지나가노라면 나풀나풀 떨어지고 날리고. 그렇게 땅바닥에서 구르는 봄꽃은 가을철에 떨어져 뒹구는 낙엽과는 또 다른 운치이다.

이렇듯 또 다른 운치 속으로 휘날리며 떨어지는 꽃잎. 어제는 하얀 꽃잎을, 오늘은 분홍 꽃잎을 밟으며 맞으며. 이렇게 싱그럽고 향기로운 봄. 이렇게 따뜻하고 화사한 봄.

이렇듯 아름답고 멋진 봄바람과 꽃바람과 동행하여 꽃들의 향연에, 봄의 향연에 심취되어서 그렇게 꽃길을, 봄길을 걸어서 가는 곳이 비록 마트에 장을 보러 가는 길일지언정 내 마음이야 마치 봄나들이 가듯 하더라.

그래서 65살 할매의 마음도 생각도 봄, 봄, 봄. 이렇듯 대한민국 우리나라의 봄날의 여정은 진정 아름답다.

그리고 이렇게 봄비 내리듯 꽃비 내리던, 꽃들의 계절과 봄의 향연이 세월을 따라서 지고 나면 형형색색 봄꽃들이 피고 지던 그 자리에는 푸른빛 수실로 수를 놓은 병풍 한 자락을 펼쳐 놓은 듯한 계절이 내려앉은, 대한민국 우리나라의 여름은 그야말로 저 푸른 초원 같은 풍경이다. 툭 건드리면 푸른 물이 뚝 떨어질 것 같은 신록의 자태 이 또한 아름답지 아니한가.

아름다운 대한민국 우리나라의 가을은 적당한 바람에, 적당한 햇살에, 적당한 온도에, 덥지도 않고 춥지도 않고 적당히 살기 좋은 계절에, 형형색색 낭만을 머금은 가을 그 풍경과 운치는 가을을 담은 가을 시집을 한 권 펼쳐 놓은 듯하니 그야말로 가을가을한 아름다움에 빠져든다.

그리고 겨울인지라 공허한 면도 있으나 앙상한 나뭇가지에 눈송이가 걸린 풍경과 앙상한 나뭇가지에 바람이 내려앉은 풍경. 이 또한 나름 아름답지 아니한가.

그렇다. 우리나라, 좋은 나라 대한민국은 정말로 정말로 아름다운 나라이다.

그때 유방암 치료를 받으러 다닌 병원이 내가 살고 있는 도시가 아닌 시외 지역에 있는 병원이라서 오고 가는 길에는 들과 산을 볼 수가 있었기에, 일 년이 넘는 여정 속에서 앙상한 나뭇가지에 찬 바람이 쉬어 가는 풍경을 보면서 항암치료를 받으러 다니고, 아카시아꽃 찔레꽃을 보며 수술을 받으러 가고, 자귀꽃, 나리꽃을 보며 방사선 치료를 다니고, 또다시 앙상한 나뭇가지에 찬 바람이 쉬어 가는 풍경을 보며 표적항암을 받으러 다닌다.

사계절의 변화무쌍한 풍경 속으로 일 년여의 병원행 여정길. 세월을 길동무 삼아서, 아름다운 풍경을 동행자 삼아서, 고통스러운 날도, 울고 싶은 날도 그렇게 아름다운 풍경 운치, 세월과의 동행으로 나는 아픔에 지친 나를 이끌고 다녀왔다.

그리고 방사선 치료를 받으러 다니던 그때는 여름이고 장마철이라서 병원을 오고 가는 길에 비가 많이 왔다. 고속도로 길 위에는 때로는 장대비가 억수같이 퍼붓고 마치 울고 싶은 나를 대신해서 울어 주듯이 하염없이, 정처 없이, 그렇게, 그렇게.

때로는 길가에는, 산에는, 들에는 여름꽃들이 소담스럽게 웃으며 "고통스럽고 힘들어도 나처럼 아름답게 웃는 날이 곧 올 거예요."

때로는 지나가는 바람이 "이 또한 지나갈 거예요. 바람처럼 금방 지나갈 테지. 그러니 할매, 힘내세요."

이렇듯 인사를 건네는 듯한 바람의 위로와 꽃들의 위로는 나 홀로 걷는 병원행, 오고 가는 그 길에서 지친 이 마음에 허허로운 이 발걸음에 또 다른 위로이며, 삶의 여정에도 또 다른 희망의 지팡이가 되었으리라 싶다.

이렇듯 아름다운 대한민국 우리나라의 사계절.

봄, 여름, 가을, 겨울 그 어느 계절인들 나름의 경치와 풍경과 운치가 있으나, 나는 앙상한 나뭇가지에 바람 내려앉은 공허한 풍경 겨울이 허허로이 내 마음에도 와닿는다.

이러한 겨울 풍경은 마치 나를 보는 것 같아서. 나 홀로 병원에 다니고 나 홀로 밥을 먹고 혼자 사는 여자라기보다는 독거노인, 공허한 모습인 내 처지와 닮은 듯하여.

그리고 우리나라 대한민국 사계절의 풍경은 세월을 따라서, 계절을 따라서 또 다른 이미지를 선사해 준다. 그 운치는 그 자태는 정말로 아름답고 예쁘고 멋지다.

그렇다. 정말로 그렇다.

그리고 내가 울고 있을 때 나와 함께 울어 주는 빗물이 있음에, 때로는 울고 싶은 나를 대신해서 울어도 주는 빗물, 또 내가 웃고 있을 때 나와 같이 웃어 주는 해님도 있음에.

또 허허로운 인생길에 나와 동행해 줄 동행자 같은 세월이 있고, 또 삶에 찌들어서 지친 내 마음을 위로해 주는 어여쁜 꽃들이 있으니.

이렇듯 멋지고 아름다운 대자연이 있으니.

그렇다. 때로는 인생길에 길동무로, 때로는 삶에 위로가 되어 주심에 비록 나 홀로 걷는 인생길일지언정 그나마 다행스러운 일이 아닌가 싶고.

그리고 대한민국 우리나라의 사계절은 진정 멋지고 아름답다.

이러한 내용은 65살 할매가 대한민국 우리나라의 사계절을 보고 느낀 대로 글에다 담아 본 것임을.

우리나라에는
좋은 사람들도 참 많다

내가 유방암 수술 후에 입원한 그 병실은 다인실이었는데….

그곳은 입원하는 그 순간부터 할머니, 아줌마, 아가씨 나이 불문하고 모두 다 또 다른 이웃사촌이 되는 그런 분위기가 된다.

담장 너머에 이웃사촌이라기보단 커튼 너머의 이웃사촌. 때로는 하루살이 이웃사촌, 때로는 이틀 이웃사촌. 말하자면, 하루 입원하고 퇴원하는 사람도 있고 이틀 입원하고 퇴원하는 사람도 있고.

하루하루 달라지는 병실에서 나는 2주간이나 입원을 하다 보니 이웃사촌이 자주 많이 바뀌었고, 또 동병상련이란 말이 딱 맞는 그런 곳이었다. 서로서로 도와주고 배려해 주고 위로를 해 주고.

그도 그럴 것이 내가 입원한 그 병동은 간호·간병 통합 서비스 병동이라 보호자는 하루에 몇 시간만 면회가 되는 곳이라서 보호자 없이 지내다 보니 더욱더 그러한 분위기가 되는 것 같았다.

나는 그런 분위기 덕분에 선항암 후 수술을 해서 머리카락이 다 빠지고 하나도 없었는데 민망한 마음 없이 편안하게 치료를 받을 수 있었고, 그때 내가 입원했던 그 병실에 모든 분들은 정말로 좋은 사람들이었다.

그리고 좋은 사람들이 어디 이뿐이던가.

내가 유방암 항암 치료를 하러 병원에 다니던 어느 날, 병원에서 점심밥을 먹어야 하는 날이 있었는데 팔에 링거를 꽂은 채로 밥을 먹으러 나 혼자 식당에 가서 음식을 주문해 놓고 보니, 그 식당은 셀프라 주문한 음식을 직접 들고 와야 하는 그런 식당이었다.

그렇다고 주문한 음식을 다시 취소할 수도 없고, 어떻게 해야 하나 난감해서 망설이고 있는 사이, 내가 주문한 음식이 나왔는데도 들고 올 수가 없어서 서성이고만 있으니 그 식당에 직원이신 아주머니께서 서성이고 있는 나를 보시고 내가 주문한 음식을 들어다 주시고 또 식후에도 들어다 주셨다. 먹고 살아 보겠노라고 아픈 몸을 이끌고 밥을 먹으러 간 내 신세가 더없이 처량하고 민망하기 짝이 없었는데.

　이렇듯 어쩔 수 없는 사정으로 혼자 병원에 다니다 보면 때로는 어려운 상황에 처하기도 하지만 그럴 때 이런 나를 외면하지 않고 도와주시는 고마운 분들이 좋은 사람들이 계셔서 그 덕분에 처한 위기를 잘 넘기게 되니 참으로 감사한 일이지.

　지금 다시 생각해 봐도 그때 그날 그 식당에서의 나의 모습은 정말로 처량함에 극치요, 그야말로 민망함의 극치였다.

　그리고 비록 한쪽 팔에는 링거를 꽂았을지언정, 그러면 한 손으로도 들고 올 수도 있었지만 그때는 한쪽 팔마저 아프고 불편할 때라서 그럴 수가 없었기에.

　그래서 이 세상에는 늙고 건강하지 못한 나 같은 독거노인
은 이렇게 좋은 사람들이 친절한 분들이 없다면 세상살이가,
인생살이가 더 많이 힘겨울 수도 있음을 절실히 깨닫게 되고
이토록 좋은 사람들이 많은 이 세상에 나 살고 있노라고 말
하는 것이다.

　내가 이렇게 많은 분들에게 도움을 받는 것은 병원에서 뿐
만이 아니라 젊은 날에는 나 스스로 해결 가능했던 모든 일
들이 늙어서라기보다는, 건강하지 못하다 보니 여러모로 도
움을 많이 받으며 살아가고 있는 것이다.
　내가 받은 그 도움에 보은할 수 있는 것이 그저 감사하고
또 감사하다.
　이렇게 매사에 감사한 마음을 안고서 살아가는 것이라는
마음이다.

고향 친구

첩첩산골에 자리한 계절 따라 변화무쌍한 산촌의 풍경은 그야말로 동화 같은 마을. 그런 곳에서 앞서거니 뒤서거니 그렇게 한 동네에서 태어나서 함께 놀며 함께 자란 친구.

말하자면 죽마고우.

나의 고향이 너의 고향이고, 너의 고향이 나의 고향이고, 언제 어디서나 한 자리에 모여 앉으면 하하호호 우리 함께 공감하고 공유하는 공통된 우리 고향이란 그 주제가 있어서 언제나 즐겁고, 언제나 반갑고, 그리고 부담스럽지 않은.

고향 친구 만날 때도 미소로 만나고 헤어질 때도 미소로 다음을 기약하는.

그렇다. 어릴 적에 밥때가 되어서 식구들이 "저녁 무로 오이라!"라고 부를 때까지 그렇게 해가 지도록 놀다가도 저녁밥 먹으러 각자 집으로 돌아가면서 하는 말은 "내일 놀자." 그렇게 돌담장 밑 골목길에서 내일을 약속하던 그때 그 시절처럼 말이다.

때로는 세월 묵은 우정어린 추억 어린 보따리를 풀고, 때로는 새로운 추억을 담아 우정의 보따리를 만들고.

그렇다. 비록 우리들의 인생의 계절은 어느덧 노년기로 가는 길목인 듯하여 검은 머리가 세월이란 이물이 들어서 거의 백발이 되었고 그리고 노인이란 호칭까지 붙었으나, 어디 마음까지 그러한가 하여 우리 함께 모여앉으면 동심의 계절 모드로 돌아가서 세월의 강에, 우리들의 고향 그곳에서, 어릴 적에 우리 함께 즐겁던 동화 같은 이야기 한 자락을 띄우노라면 조잘조잘 하루 해가 금방이더라.

그리고 속절없는 세월 흐름에 변화무쌍한 세월 속에서도, 세상 속에서도, 내 고향은 언제나 늘 그 자리에서 변함없이 나를 기다리듯이, 나를 반기듯이.

내 고향이 그렇듯 늘 그 자리에서 한결같은 친구.

너와 나, 우리는 고향 친구. 속절없는 세월 흐름에, 변화무쌍한 세월 속에서, 세상 속에서 변화된 것이 있다면 1960년부터 1970년대는 친구 집 앞에까지 찾아가서 "친구야, 놀자."라고 친구 이름을 부르고 그랬었다면 2023년도 지금은 인터넷 연결망으로도 친구들을 부른다.

지금은 친구들이 모두 다 고향을 떠나서 각각 다른 지역에서 살고 있으니 그래도 멀리서 불러도 아주 잘 들리고, 때론 친구 여러 명을 같이 부를 수도 있고, 또 친구들 모두를 단체로 부를 수도 있고.

말하자면 문자로, 전화로.

친구 집 앞에까지 찾아가서 같이 놀자고 부르던 그때나 인터넷 연결망으로 부르는 지금이나 우리는 언제나 변함없는 고향 친구다.

  그리고 그 사람을 알려거든 그 사람의 친구를 보라는 말도 있지만 고향 친구는 이런저런 들이댈 잣대도 필요치 않은, 그냥 친구다.

  고구마 한 뿌리도 서너 명이서 나누어 먹고 껌 한 개도 갈라 씹던 동심에 정겹던 우정이 세월 흐름에, 세상 흐름에 변할 리야…

  그리고 내가 유년 시절이었던 그때 그 시절에 우리 동네는 전기가 들어오기 전이라서 쳐다볼 텔레비전도 없었고 또 휴대폰이 없었던 시절이었기에 들여다볼 휴대폰도 없으니, 그래서 친구들과 같이 함께 어울려서 할 수 있는, 놀 수 있는 그러한 놀이가 참 많았던 것 같기도 하다.

그때 그 시절에 친구들과 함께 즐겁던 놀이를 기억나는 대로 적어 보자면 숨바꼭질, 자치기, 구슬치기, 고무줄놀이, 실뜨기, 줄 돌리기, 차내기, 깔레 받기, 소꿉놀이, 널뛰기. 이외에도 내가 모르는 놀이도 많이 있으리라.

그리고 우리들의 일상이 이만큼이나 많이 변화된 만큼 우리들의 고향 그곳 또한 세상 흐름에, 세월 흐름에, 그리고 대한민국 우리나라의 발전에 힘입어서 많이 변화된 모습이다.

그렇다. 생필품이나 가정에 이런저런 필요한 물건을 구입하려면 닷새마다 열리는 장날이 되면 우리 동네 사람들은 장에다 내다 팔 물건을, 또 장에서 구입한 이런저런 물건을 이고 지고 그렇게 십오 리가 넘는 산길을 재를 넘고 걸어서 오고 가고.

또 장날이 아닌 날에는 십오 리쯤 되는 길을 걸어서 학교가 있는 면 소재지까지 나가면 조그만 점방이 몇 군데 있었고, 그렇게 그런 동네였던 내 고향 그곳도 오늘날 지금은 휴대폰이나 컴퓨터로 클릭 몇 번이면 입을 거리, 먹을거리 등등… 집 문 앞에까지 갖다주는 세상이 되었고.

그리고 어릴 적에 우리들의 놀이터였던 질경이 넝쿨이 무성하던 그 좁은 골목길에도 자동차가 드나들고, 흙먼지 풀풀 날리던 학교길 시장길도 지금은 고속도로가 되었고.

그리고 이렇듯 세월 흐름에, 세상 발전에, 많이 변화된 보습이 어디 내 고향 그곳뿐이랴.

등잔불 밑에서 책 읽고 공부하던 소녀가 대한민국 노인의 기준이 되는 나이 65살 할매가 되어서 LED 등 불빛 아래서 컴퓨터 자판을 두드리며 책도 보고 세상 돌아가는 소식도 보고 듣고, 이제는 컴퓨터가 늘 나의 일상을 함께하니, 그래서 이젠 내 컴퓨터도 내 고향 친구만큼이나 변함없는 내 친구이다.

그렇다. 정말로 많이 변화된 이 세상, 이 세월만큼이나 내가 사는 모습 또한 참 많이도 변화되었음을.

그렇다. 나 어릴 적 그때 그 시절에 우리 집은 교과서 외에는 책 한 권 구하기도 쉽지가 않아서.

물론 그때 그 시절에도 이 세상에는 책은 많고 많았으나 내가 책을 구할 수 없었던 것은 아마도 우리 집 가정 경제의 문제였으리라 싶다.

너무나도 가난한 집안이라서 먹고사는 이 문제를 해결하기도 엄청 힘든 그런 처지이다 보니 책을 사서 본다는 것은 상상도 못 할 일이었기에.

그래서 나는 가끔 시장에서 물건을 사 올 때 포장지로 사용한 그 신문지에 실린 소설을, 그것도 찢어진 것을 조각조각 맞춰 가며 보고 또 보고, 다음 장면이 궁금해서 장날을 손꼽아 기다리고 그랬었는데….

지금 생각해 보면 다음 장날에도 그 회사에서 발행하는 신문지에 물건을 싸서 오리라는 그런 보장도 없었는데도 말이다. 그때의 나는 몰랐던가 보다, 신문을 발행하는 회사가 많다는 것을.

그렇게 유년 시절을 보냈던 나이기에 '컴퓨터만 켜도 글도 볼 수 있고 세상사 이야기도 보고 듣고 이런 시대에 살고 있음은 대한민국 발전의 힘이지요'라고 적어 본다.

잘한 일이 때로는
잘한 일이 아닐 수도 있다

　그 예를 한 가지 들어 보자면 내가 직장인이었던 시절 어느 해 겨울철 이야기. 겨울 그 어느 날, 저녁에 회사 일을 마치고 집에 오니까 마당에 있는 수돗가에 수도꼭지가 열려 있고 물이 철철 흘러서 넘치고 있었다.

　그때 내가 살았던 그 집은 다가구 주택이었는데, 그 주택에는 집집마다 수도 시설이 없는 그런 집이었기에 그래서 세대들이 마당에 있는 공동 수도를 같이 사용할 때였다.

　순간 나는 누가 수돗물을 사용하고 수도꼭지를 안 잠갔나 보다 생각하고 수도꼭지를 꼭꼭 야무지게 잠갔다. 그러나 다음 날 아침에 내가 전혀 생각지 못한 일이 벌어졌다.

주인집 아지매가 어젯밤에 수도꼭지를 잠갔냐고 나한테 물어보셨다. 나는 "예, 제가 잠갔습니다."라고 말씀드렸더니 아지매 왈, 날이 추워서 밤새 수도가 얼까 봐 일부러 틀어 놓았다고 하시면서 수도가 얼어서 물이 안 나온다고 나한테 엄청 역정을 내셨다. 하여 참 많이도 미안스럽고 민망했던 그해 겨울의 기억.

그렇다. 그때 내가 한일은 분명 잘한 일이 맞다. 그때가 겨울철이 아니었다면 말이다. 수돗물을 계속 틀어 놓으면 물 낭비에, 또 수도세가 많이 나올 테니 돈 낭비이니까. 그러나 잘한 일도 그때와 그 장소, 그 시기에 따라서 아닐 수도 있음을, 틀릴 수도 있음을 그때는 몰라서 그런 실수를 했으나 그 일을 계기로 인생사 세상사를 한 수 배우는 그런 내가 되었으리라 싶다.

나는 세월에게 참 많이 고맙다

 사실 내가 유방암 진단을 받기 전까지는 오고 가는 세월에 그렇게 크게 동요되지도 않았고 세월에게 고마움까지는 생각해 본 기억이 별로 없었는데, 그러나 내가 많이 아파서 고통스러운 날들 속에서 허덕이게 되면서 세월이 없었다면 아직도 나는 그 고통 속에서 허우적거리고 있었으리라.

 이런 마음에서 지나온 날들에 그 세월을 돌이켜 보게 되었다.

 2020년 12월달에 나는 유방암 진단을 받게 되었다. 그렇게 진단을 받고 나서부터 시작된 유방암 치료는 항암 치료를 먼저 하고 그 이후에 수술을 하는 순서로 정해졌다.

그렇게 해서 시작된 선항암 치료 6개월여.

항암 치료는 정말로 고통스럽고 힘겨운 치료였다. 아픈 것은 참고 또 참는다고 할지라도, 무엇보다도 항암 부작용으로 인해서 입맛이 변하고 그래서 제대로 음식을 먹을 수가 없으니 먹을 수 없는 그 고통으로 하루가 다르게 몸도 마음도 쇠약해지고 지쳐만 가고.

항암 치료는 치료받는 그 당시에도 부작용으로 인해서 정말로 고통스럽지만 항암 치료가 다 끝난 후 부작용이나 후유증 또한 오래간다.

그리고 제대로 음식을 먹을 수가 없다 보니 항암 치료 중에도 수혈을 해 가면서 겨우겨우 견뎠다.

그렇게 힘겹고 그토록 고통스럽던 항암 치료도 가는 세월을 따라서 끝이 나고 드디어 수술하는 날짜가 잡혔다. 2021년, 아카시아꽃 찔레꽃이 흐드러지게 피는 이토록 아름답고 예쁜 계절의 봄날, 5월의 어느 날, 나는 수술실에 들어갔다.

그렇게 수술을 받은 이후에는 방사선 치료를 거의 한 달여를, 그리고 표적항암 주사를 3주마다 한 번씩 12번을. 이 모든 치료가 세월이 빨리 가지 않았더라면 아직도 끝나지 않았으리라 싶은 마음이 든다.

사실은 아주 잘된 우리나라의 보건의료 복지 정책의 도움과 어느 대학병원 의료진분들께서 잘 치료해 주신 그 덕분이지만 그때 진료를 받았던 그 대학병원의 모든 분들의 친절 또한 대학병원급이었다.

그리고 나는 독거노인이라서 아무도 모른다,

내가 우는지 웃는지. 그러나 세월은 다 알고 있으리라. 내가 웃는 날도, 내가 우는 날도. 그리고 힘든 날도, 고통스러운 때도 언제나 내 곁에서 늘 한결같이 나를 지켜봐 주는 건 세월뿐이기에.

하여 이 세월은 내 인생길 여정의 동행자이자 인생길 여정의 길동무로. 앞으로 가야 할 길에는 희망의 등불이 되고 지나온 길에는 애달픈 그리움의 그림자인 것을.

세월 너와 이렇게 우리 함께 가노라면 그 언젠가는 고달픈

참 고맙습니다

내 인생길에도 구름 걷힐 날 있으리라….

그리고 해 뜨는 날 또한 있으리라….

고달픈 내 인생길에 희망의 등불 같은 세월 너를 지팡이 삼아서 걸어가 보리라. 내게 주어진 인생길이란 이 길을.

현재는 힘겹고 눈물 나게 고달퍼도, 그래도 흐르는 눈물 닦으며 그렇게.

그래, 그토록 힘든 세월을 내가 참 잘 참고 이겨 내어 보겠노라고 나 스스로 나를 위로하며 미소 지을 그런 날이 분명히 있으리라.

이렇게 긍정의 힘으로 오늘에 고통의 시간들을 견뎌 내는 편이다.

이 또한 지나가리라.

이만큼 나이가 들도록 살아 보니 그렇더라.

아무리 고통스러운 날도, 끝이 없을 것 같은 슬픈 날도 이 또한 지나가더라.

그리고 보다 젊은 날에는 좀 더 젊어지고 싶은 그러한 욕심도 있었기에, 그래서 40대에는 머릿속 안 보이는 곳에 있는 흰 머리카락 한 가닥도 일부러 찾아서 다 뽑고 50대에는 몇 가닥 안 되는 흰머리를 커버하느라 염색도 하고 그랬었는데. 60대인 지금은 거의 백발인데도 염색도 안 하고 그냥 살아도 크게 불편함 없으니.

그도 그럴 것이 유방암 항암 치료 부작용으로 인해서 머리카락이 싹 다 빠지고 민둥산처럼 되어 보니 검은 머리 흰머리의 중요함보다 머리카락 한 가닥의 소중함을 알게 되었고, 또 젊고 늙음이 중요한 게 아니라 그저 건강하게 살 수 있음 그 것이 더 소중하고 감사한 삶이며, 인생이라는 것을 깨달았다.

그리고 이처럼 세월에게 고마운 것이 참으로 많지만 그중에서 항암 치료 1차 후 2주쯤 되니까 머리카락이 빠지기 시작하더니 그야말로 우수수 가을철에 떨어지는 낙엽처럼 우수수 빠진 머리카락은 이리 뒹굴고 저리 뒹굴고 그렇게 나뒹구는 머리카락을 쳐다보고 울고 웃고, 기가 차서 웃고 기가 막혀서 울고, 그렇게 다 빠지고 서너 가닥 남은 머리카락을 붙들고 너만이라도 제발 빠지지 않기를 그렇게 바랐으나 그러나 나의 간절한 마음은 물거품처럼 사라지고, 결국에는 한 가닥도 남김없이 싹 다 빠지고 그렇게 결국은 민둥산처럼 되어 버렸는데….

마지막 항암 후 두 달 후부터 한 가닥, 두 가닥,

머리카락이 나기 시작하더니 일 년 정도쯤 되니까 모자도 안 쓰고 가발도 안 쓰고 외출도 가능할 만큼 머리가 자라서 머리카락 날리며 외출을 할 수 있는 이런 날이 올 수 있었던 것은 물론 의학의 힘 덕분일 테다.

의학의 그 정확함에 놀랍고 그저 감사할 따름이다.

그리고 세월 덕분도 있음이라 생각함에, 그래서 나는 세월에게 많이 고맙고 또 감사하다고 말을 하는 것이다.

내가 이렇듯 세월에까지 고맙고 감사한 마음이 드는 것은 아마도 홀로 울었던 시간들, 홀로 아팠던 시간들, 그렇게 지나간 그 아픈 날들이, 그 세월이, 그 시간들이, 그만큼이나 그토록 고통스러웠다는 말일 테지.

　물론 모든 인생사를, 세상사를 세월이 다 해결할 수는 없으나 그러나 때로는 아픔도 슬픔도 고통도 세월이란 이물이 희석을 해 주니까. 옅어지고, 지워지고, 아물고, 그렇게 세월 속으로 흘러갈 테니 말이다.

참 고맙습니다

세월에 띄우는 그리움

하루 해가 뉘엿뉘엿 저물고 땅거미가 어둑어둑 내려앉을 이 시간이 되면 나는 누군가가 기다려지는 그런 마음이다.

독거노인이라서 해가 져도, 해가 지고 달이 떠도, 우리 집에는 올 사람도 하나 없는데도 말이다.

그러던 어느 날, 나는 그 기다림에 대한 답을 찾았다. 내 마음이 그러한 것은, 알 수 없는 그 기다림은,

저편의 세월에게 띄우는 그리움이란 것을.

그렇다 그때는 친구들과 골목길 돌담장 밑에서 놀고 있을 때 하루해가 서산에 걸리는 시간이면 나를 부르는 소리도 온 동네에 메아리로 쳤었지.

"순아, 밥 무로 오이라!"

우리 엄마가 나를 부르는 소리로,

"누야, 언니야, 엄마가 밥 무로 오라 카더라."

동생들이 나를 부르는 소리로.

그렇게 나의 밥때를 챙기던 우리 식구들이 많았으나 지금은 사흘을 굶어도 밥 먹으라는 소리를 하는 사람, 그 한 사람도 내 곁에 없으니 말이다.

비록 지금은 나도 늙고 그 세월도 늙었건만 그러나 가는 세월을 따라서도 늘어나는 나이를 따라서도 늙지 못한 저편의 기억 때문에 그러하리라 싶고 그러한가 보다 싶으이.

하여 세월에 띄우는 수없이 많은 그리움 중에서 이 글을 쓰는 지금은 여름철이라서 여름날의 그리움 한 페이지를 열어 보자면, 하루 해가 뉘엇뉘엇 질 녘이면 풀 한 짐 지고 메꽃이 옹기종기 피어 있는 논둑길을 걸어서 집으로 오시던 우리 아버지, 물 한 동이 이고 논둑길을 오시던 우리 엄마, 놀러 나갔던 동생들로 하나둘 집으로 돌아와 초가집 지붕 위에는 박꽃이 소담스럽게 피고 마당에는 반딧불이가 반짝반짝 날아다닐 때.

우리 식구라는 이름으로, 우리 가족이라는 이름으로, 두레 판 앞에 여덟 식구 오순도순 둘러앉아서 호박잎 찌고, 우엉잎 찌고, 상추 쌈에 풋고추 썰어 넣고 끓인 된장으로 도란도란 저녁을 먹고 마당에 있는 평상 위에 누워서 하늘을 쳐다보면 어쩜 그리도 별도 많았던 그해 여름을.

반짝반짝, 그야말로 반짝거리는 별빛 아래, 달빛 아래, 여름 색 드리운 초록초록한 산골 마을의 운치. 여름 향기 머금은 산골 마을에 풍경 그 아름다움이야 말해 뭣 하랴.

때로는 달빛 아래 초가집 지붕 위에 핀 박꽃의 청초한 자태 와 운치, 그 아름다움 또한 말해 뭣 하랴.

박꽃과 달빛이 어우러진 그 모습이 하도 예뻐서 보고 또 보 고 그랬던 세월 저편 여름날의 예쁜 기억. 그리고 그때 우리 동네에는 전기가 들어오기 전이라서 달빛도 별빛도 더 밝고 더 맑게 빛나고 그랬으리라 싶고.

또 여름철이면 우리 엄마가 "순아, 뒷골 밭에 가서 소풀(부추) 좀 베 오이라." 하셨다.

　그 말씀에 따라서 나는 소쿠리를 하나 챙겨 들고 돌담장 골목길을 가다가 빨간 꽃, 노란 꽃, 키 크고 키 작은 여름꽃들이 살랑살랑 여름 노래 부르는 논둑길을 따라 가다가 징검다리 도랑을 하나 건너고 그렇게 한참을 가다 보면 언덕배기에 우리 소풀밭이 있었다.

　그 밭에서 내가 베어 온 소풀로 엄마는 숯불 위에다 무쇠솥 솥뚜껑을 뒤집어 걸어 놓고 기름칠을 해서 소풀적을 굽고, 나는 옆에 앉아서 소풀적이 익기를 기다린다.

　그렇게 기다리고 있으면 엄마는 소풀적 한 쪼가리를 찢어 주시면서 "간이 맞는가 무 바라." 그러면 나는 갓구운 소풀적 맛을 보며 "맛있다."라고 하였다.

　그렇게 도란도란 그 어느 해 여름날에 또 다른 여름 풍경.

　또 여름이면 밭 매시는 우리 아버지의 점심밥을 이고, 밭으로 가는 그 산길에는 산 나리가 지천으로 피고, 산골 우리 밭에는 참깨꽃 들깨꽃이 흐드러지게 피고.

　뜨거운 땡볕 아래서 아버지는 참깨와 들깨밭을 매시고 나는 밭 옆에 있는 도랑가에서 고디(표준어로는 다슬기)도 잡고, 가재도 잡고, 산에 올라가 나리꽃도 꺾고.
　그렇게 그토록 즐거운 산골 소녀의 여름날의 여정은 슬프도록 아름다운 산골에 여름과의 동행이었으리라….

　정말로 그렇다 그래서 이렇듯 말하자면 비록 백발이 성성한 늙은 여인 할머니가 되어서나 마음은 아직도 세월의 저편에 고향 집에 머무르고 있는 것이라.
　우리 식구들과 우리 집에서 살던 그때 그 시절에 이유라면 내 마음의 세월이 나이 따라, 세월 따라 가지 못하고 그곳에 머물고 있음이기도 하지만 오늘의 나의 삶이 허허롭기 때문이기도 할 테지….

이렇게 독거노인으로 살아가노라니, 북적북적 오순도순 살 았던 그때 그 세월이 더없이 그리운 것이라. 비록 먹고사는 문제는 참으로 많이 힘든 그러한 시절이었으나, 그렇다. 늘 양 식은 부족이라서 고구마라도 있는 겨울철에는 점심은 고구마 로 때우고 어쩌다 점심때 보리밥 한 덩이라도 먹을 수 있는 날은 좋은 날이고.

겨울에는 반찬이라고 해 봐야 무우 삐져 넣고, 멸치 한두 마리 띄운 무우국에다 김치뿐이라 그래서 김치만 썰어 넣고 덖은 밥을 해서 먹고 그랬었는데. 어쩌다가 콩나물무침이라 도 한 젓가락 넣고 덖은 밥을 해서 먹을 수 있는 날은 더 좋 은 날이고. 보리밥 한 덩이 덖은 그 양이라야 얼마나 되겠는 가. 얼마 되지도 않는 밥을 담은 밥 양푼을 앞에 두고 올망졸 망한 동생들과 맛나게 먹었던 그해 겨울.

그것도 겨울볕이 옹기종기 내려앉은 초가집.
때로는 하얀 눈이 소복소복히 내려앉은, 때로는 초가집 처

참 고맙습니다

마 끝에 고드름이 주렁주렁 매달리는 오두막집에서 동생들과 오순도순 정겨운 모습도, 정다운 분위기도 한몫하였으리라.

그렇다. 그때 그 시절에 우리 동네에는 겨울철이면 눈 오는 날이 참 많았지. 아침에 일어나면 온 동네가 그야말로 하얀 눈 동산 세상이 되어 있곤 했었지.

산에도, 들에도, 길에도, 우리 집 마당에도, 장독대에도, 초가집 지붕 위에도 눈이 내려앉은 산골 마을에 풍경.

그 멋진 아름다움이야 말해 뭣 하랴.

그리고 뒤뜰에 서 있는 청솔나무가지에, 대나무 가지에 내려앉은 눈송이. 햇살에 녹고 바람에 흔들려서 떨어지는 그 소리는 운치는 마치 맑고 밝은 선율에 음악 소리와도 같았으리라….

그렇게 눈이 내리는 날이면 우리 아버지는 마당에 쌓인 눈을 치우시고, 우리 동생들과 나는 눈사람도 만들고, 눈싸움도 하고, 눈밭을 뛰어다니던, 그렇게 재미지던 그해 겨울에 소녀의 일상 또한 하얀 눈송이마냥 밝고 맑은 그런 세월이었으리라 싶다.

  그렇다. 지금 이만큼의 나이를 먹고 생각해 보니, 세월을 당겨 와 보니 그때는 눈 오는 날 그 자체가 그저 마냥 즐거운 그런 날이었고 지금은 그때 그 시절에 그렇게 즐겁게 보낸 그 세월이 그날들이 하염없이 그리운 것이다.

  사실 세월 속으로 켜켜이 내려앉은 이런저런 그리움이라도 한 자락이 없었다면 어찌 살아가겠는가. 그때 그 시절에는 그저 소소한 일상이 날들이, 일들이 지금은 마음적 쉼터가 되어, 울타리가 되어, 비가 오는 날에는 내 마음 빗물에 젖지 않도록 우산이 되어서, 찬 바람이 부는 날에는 내 마음에 따뜻한 난로가 되어서, 오늘날에 허허롭고 적적한 나의 삶을 이끌어 가니 말이다.

  오늘의 삶이 행복한 사람들도 나처럼 붙들고 살까?
  지나간 날들, 가 버린 세월에 대한 그리움을 나만 느낄까?

참 고맙습니다

장마

　어제도 비, 오늘도 비, 내일도 비…?

　때는 장마철이라 연일 오락가락 내리는 빗물을 바라보고 있자니 그 어느 누구의 눈물이 저토록 하염없이 흘러내린다 말인가 싶다.

　나의 눈물일까?

　너의 눈물일까?

　어쨌든 그 어느 누구든지 눈물 없는 삶이, 인생이 어디 있으랴.

　다만 정도의 차이는 있으리라 싶다.

　장대비처럼, 가랑비처럼 말이다. 빗물이 그러하듯 너와 나의 눈물도, 말을 하자면 장대비처럼 눈물이 많은 삶과 인생이 있고, 가랑비처럼 눈물이 적은 삶과 인생이 있고.

　그리고 세상사 어제도 비, 오늘도 비, 이렇듯 연일 비 내리는 이 장마철도 그 끝은 있듯이 장마 끝에는 쨍하게 해 뜨는 날이 분명히 오듯이 장대비처럼 눈물이 많은 인생에도 그 언젠가는 그 눈물 끝에 웃을 일도, 웃는 날도 분명히 있으리라.

꽃도 빗방울에 두들겨 맞으면서 피고 또 지고 그러하지 않더냐. 꽃인들 빗방울에 두들겨 맞으면 어찌 아프지 않으리오마는. 아파도 웃어야 하는 것이 꽃이듯, 아파도 살아야 하는 것이 인생이라.

인생사, 세상사 그러함에 흐르는 눈물을 닦으면서도 어제도, 오늘도, 그리고 내일도 부지런히 인생이란 이 길을 걸어야만 하는 이유일 테지, 하는 생각이 하염없이 내리는 빗물을 따라서 흐른다.

장대비가 억수같이 쏟아붓는 빗길이든 오다 말다 하는 장맛비가 내리는 길이든 가노라면 걷노 보면 햇볕 쨍쨍 드리우는 밝고 맑은 길로의 초대장을 받을 수 있는 그런 날을 희망하며, 그런 날을 소망하며….

참 고맙습니다

지나가는 여름 손님

2022년도 8월달 초순, 엄청 무더운 여름의 어느 날 초저녁, 방에 앉아서 창밖을 쳐다보니 반달이 떠 있다. 그리고 우리 집을 비추고 있다.

떠 있는 반달을 보는 그 순간 어찌나 반갑던지. 이 삼복더위에 찾아와 줄 사람도 아무도 없는 이 독거노인네에 달님이 찾아와 주시니 말이다.

그리고 또 이 독거노인네 집에는 지나가는 바람도 간간이 들여다봐 준다. 때로는 바람이, 때로는 달님이. 이렇게 우리 집을 찾아와 주는 달님과 바람이 있어서 독거노인의 삶이, 일상이 그리 적적하지만은 않으리라 싶고. 또 이 삼복더위에 들여다봐 줄 누군가가 있음은 이 얼마나 다행스러운 일인가.

그렇다. 바람이 들여다봐 주니 시원하고, 이 얼마나 감사한가. 달님이 들여다봐 주니, 또 다른 여름밤의 운치에 심취되니 더위도 잠시 잊게 되고 적적함도 잠시 잊게 되니 이 또한얼마나 고마운가.

달님과 바람 비록 그저 지나가는 길손님일지언정 그래도 그런들 또 어떠랴. 말동무도 하나 없이 적적한 독거노인은 그마저도 그저 감사할 따름이오.

어쨌든 올여름은 어느 해 여름보다 한층 더 무더운 것 같다.

지난날 여름보다 더 늙어서 그런가, 지나간 여름이라 희미해져서 그런가. 그래도 8월달은 희망이 있지 않은가. 삼복 중에서 끝 절기 말복도 들어 있고 그리고 가을을 예고하는 입추 처서 절기가 들어 있으니. 하여 이제 곧 가을이 올 거라는 그 기대감으로 이 또한 지나가리라는 그러한 믿음으로…

그렇다. 이제 곧 머지않아 우리 집으로 선선한 바람이 가을이란 초대장을 실어 올 테지. 가을로의 초대장을 받는 날이

참 고맙습니다

오면 그러면 독거노인네의 집 창밖에는 낙엽이 투닥투닥 떨어
질 테니 낙엽 떨어지는 소리에, 낙엽이 구르는 소리에 독거노
인의 가을 여정 또한 그리 적적하지만은 않으리라 싶은데….

또 가을에는 가을 낙엽 그리고 어떤 가을 손님이 독거노인
네 우리 집을 찾아와 주실까?

그래도 여름철은 창문을 열어 놓고 살다 보니 지나가는 바
람도 지나가는 달님도 간간이 들여다봐 주지만, 독거노인의
겨울은 그야말로 독거노인이다.

문을 꼭꼭 다 닫아 두고 살다 보니 바람도 달님도 들여다
봐 주지 않으니 말이다.

물론 독거노인의 삶과 인생은 적적함이라고 정의할 순 없으
리라마는, 그래서 독거노인이라서 적적함보다는 건강하지 못
함이 아닐까 싶기도 하고. 건강하다면 나름대로 할 일도 있
을 테고 가 볼 곳도 많을 테니, 마땅히 갈 곳이 없더라도 갈
곳은 그 어딘들 만들어서 가면 될 테니.

그래서 독거노인의 일상도 적적함보다는 분주한 날들이 더 많을 텐데, 하는 생각도 이 또한 어디까지나 나만의 생각일는지도 모르지만.

참 고맙습니다

지금은 2023년도의
봄이 오고 있는 중

    때는 2월에 끝자락 풍경, 찬 바람이 앉았던 앙상한 나뭇가지에도, 양지바른 곳에 서 있는 나뭇가지에도 꽃봉오리가 맺히기 시작하고.

    그리고 또 봄을 실어 나르느라 지나가는 바람도 바삐 오고 가는 듯, 나뭇가지가 심하게 흔들리고 있고 구름도 어디론가 바삐 흘러가고.

    이렇듯 봄 단장하느라 너도 나도 바쁜 봄이 오는 길목에 어느 날, 별로 바쁠 것도 없는 나는 먹거리를 사러 단골 노점상에 갔었는데, 겨울철 먹거리로 주를 이루었던 노점상 자판 위에도 어느새 벌써 봄 내음 풍기는 먹거리도 제법 보이고 노점상 풍경은 이젠 저만치에 봄이 오고 있음을 알리는 듯한 풍경이고, 이러한 풍경 속에서 때 이른 봄을 사고 파는 사람들로 노점상은 분주하다.

    때 이른 봄 향기가 분주한 틈새로 냉이가 보이길래 "냉이

좀 주세요." 했더니 노점상에 할머니 하시는 말씀이, "냉이 어제 내가 밭에 가서 캐 온 거야." 하시면서 웃으신다.

"그러셨구나. 그래서 그런지 냉이가 참 싱싱하고 참 좋아 보이네요."

이렇게 인사를 건네고 나도 봄(냉이)을 3천 원어치 사 왔다.

그렇게 사 온 냉이 한 봉다리로 국 끓이고 나물로 무치고, 그렇게 저녁상을 차렸더니 이른 봄 내음이 솔솔 풍긴다. 만물이 소생하는 봄이라더니 봄소식에 노인의 만 가지 생각이 봄 내음 솔솔 풍기는 저녁 식탁 위로 올라온다.

내일은 쑥을 한 봉다리 사 와서 쑥 털털이를 한번 해 먹어 볼까. 쑥 씻어서 물기 빼고, 밀가루에 설탕 넣고, 소금 넣고, 쑥 넣고, 살살 버무려서 찜기에 올려서 찌면 되니까.

그리고 쑥 털털이는 쌀가루로 해도 되지만 그 예전에 우리 집은 밀가루로 해서 먹었기에 그 시절을 추억하며 추억 속 그 맛으로 해 먹게 된다.

사실은 독거노인으로 살다 보니 그 언제부터인가 나 먹자고 씻고 썰고 다지고 손이 많이 가는 음식은 귀찮아서 잘 안하게 되고, 주로 손쉽게 대충 한 끼를 때울 수 있는 그런 손쉬운 음식 위주로만 해서 먹게 되다 보니 해 먹고 싶은 음식도 생각에서 생각으로 끝낼 때가 더 많다.

그렇다, 때로는 반찬거리를 사 와도 '어떻게 맛있게 만들어 볼까'가 아니라 '어떻게 편하게 만들어 볼까' 하는 생각으로 이어진다.

맛을 떠나서 어떤 방법으로 하는 게 손이 조금이라도 덜 가고 편하게 빨리 반찬을 만들 수 있을까 하는 생각이 자주 든다. 사실 독거노인이라서 그렇기도 하지만, 큰 병 치료 후라 아직 몸 상태가 회복이 덜 되어서 그렇기도 하다.

그리고 이제 봄이 온다는데, 저만치에 봄이 오고 있는데 겨우내 입었던 내복은 안 입어도 되려나. 더 입어야 하나. 작년에는 몇 월달까지 내복을 입었던가.

아무튼 나이를 먹을수록, 늙어 갈수록 내의를 입고 사는 달이 더 길어지는 건 사실이다.

나이를 먹어 갈수록 겨울이 너무 춥다. 나만 그런 건지는 모르겠지만.

또 봄이 오면 사실 추억이라고 말을 하기에는 왠지 마음 시린, 이건 아마도 서글픈 기억일 테지.

추억 아닌 그 기억은 1975년, 내 나이 17살 때, 봄바람이 살랑거릴 즈음 3월 초 무렵의 어느 날. 다른 친구들은 책 넣은 책가방 들고 학교 갈 때 나는 옷 한 벌 넣은 옷 가방을 들고 돈을 벌기 위해서 공장으로 가야 했다.

돈을 벌러 공장에 가기 위해서 그렇게 난생처음 집을 떠나오게 되었다. 지금 생각해 봐도 난생처음으로 내가 살던 우리 집을 떠나서 타향 객지에 오던 그해 봄은 그 얼마나 마음 시리고 서글픈 그런 봄이었던가 싶고.

참 고맙습니다

그때는 우리 집 형편상 상급 학교에는 진학할 그런 처지가 못 되니, 그래서 공장에 가서 돈을 벌어야 하기 때문에 가야 한다고 하니까 그래야 하는가 보다 했을 테지만. 지금 이 나이가 되어서 돌이켜 보니 정말로 서글픈 그런 봄이었구나 싶다.

　다른 친구들은 부모님 곁에서 교복 입고 책가방 들고 학교 갈 때, 나는 부모님 곁을 떠나서 옷 가방 들고 타향 객지로 가야만 했던 산골의 소녀. 그래서 그해 봄에 내린 봄비는 아마도 산골 소녀인 나의 눈물이었으리라 싶다.

　그렇다. 지금 생각해 보면 책가방 대신에 옷 가방을 들고 타향 객지로 떠나온 이유가 산골 소녀의 보다 나은 미래를 향한 꿈을 안은 발걸음, 보다 나은 내일을 위한 희망을 안은 발걸음, 말하자면, 나의 꿈과 희망도 함께 넣은 그런 옷 가방이 아니라 그때 들고 온 가방 안에는 그야말로 옷만 넣은 옷 가방, 단지 먹고사는 문제 해결을 위한 우리 집 가정 경제를 위함이었기에.

　물론 또 다른 각도로 보면 이 또한 희망에 찬 그런 발걸음일 수도 있을 것이다.

그렇다. 너무나도 가난한 우리 집 가정 경제를 그나마 살릴 수 있는 유일한 한 줄기 꿈이자 희망이었을 테니 말이다.

그래서 산골의 소녀는 한 집안의 유일한 희망을 손에 들고 희망에 찬 그 발걸음은 학교 가는 길 이정표는 애써 모르는 척하고 공장행 이정표를 따랐으리라.

내 의지와는 아무런 상관도 없이 공장행 이정표를 따를 수밖에 없는 그런 운명을 타고난 팔자.

그랬으나 또 한편으로는 그래도 그때는 집 떠나는 나를 눈물로 배웅해 주시던 우리 부모님이 계시는 그런 봄날이 아니었던가.

그렇다. 난생처음 부모님 곁을 떠나 오는 내 마음도 말로는 다 할 수 없는 그런 서글픔이었으리라마는 자식을 객지로 떠나보내는 부모님의 마음 또한 말로는 다 할 수 없는 그런 서글픔이었을 그해 봄.

그리고 책가방 대신에 옷 가방 들려 타향 객지로 자식을 떠

나보낼 수밖에 없었던, 그것도 먹고사는 문제로, 그것도 어린
자식을 가정 경제 문제 해결을 위한 돈을 벌기 위해서 어쩔
수 없이, 그야말로 어쩔 수 없는 가난 앞에, 현실 앞에, 어쩔
수 없는 그 이유 때문에 학교 대신 공장으로 보내야만 했던
우리 부모님의 마음은 또 오죽했을까 싶고. 그 마음을 다시
한번 헤아려 보게도 되고.

그때 우리 아버지 나 공장에 보내 놓고 사흘이 멀다 하고
나를 보러 오셨다. 잘 지내는지 잘 있는지 그 걱정으로.
우리 엄마 말씀에 따르면 너거 아부지 밭 매다가도 딸 보러
간다고 밭 매던 호미 집어던지고 너 보러 갔다고, 정말로 그
렇게 사셨는데.

내가 부모 입장이 되어 보니 부모 된 입장도 이해가 되고,
그리고 가정 경제 형편상 공장 생활을 안 시킬 수도 없고. 집
에 농사일이나 거들며 그렇게 데리고 있을 수도 없고. 남들처
럼 상급 학교에 보내 공부를 시킬 수도 없고. 그래서 그때 우

리 부모님의 심정 또한 참 많이도 답답하셨으리라 싶다.

　또 봄이 오면 들로 산으로 봄나물 캐러 다니며 어릴 적에 살았던, 말하자면 나의 살던 고향 그곳에 봄이 오면 우리 엄마가 전해 주시던 내 고향에 봄소식. 그야말로 꽃피는 산골 내 고향에 봄날 풍경도 아련아련.
　그리고 이렇듯 봄나물은 나도 내가 직접 캐서 먹었던, 그러한 시절이 있었기에 봄나물 향기 따라서 기억, 추억, 그리움 까지 저녁 식탁 위로 올라온 것이라.

　봄 향기 솔솔 피던 저녁 밥상이 기억 저편의 봄 밥상이 된, 말하자면 기억 한 숟가락으로, 그리움 한 숟가락으로, 또 독거노인의 신세타령으로 그렇게 저녁을 먹고도 여운이 남아서 몇 년 전에 '내 고향의 봄소식'이란 제목으로 써놓은 이 글을 찾아서 읽어 내려 가 본다.

내 고향의 봄소식

내 고향 그곳에는 벌써 봄이 왔나 보다.

어제는 우리 엄마가 고향의 봄소식을, 봄 향기를 봉다리 봉다리 싸서 보내 주셨다.

냉이, 봄동, 쑥 등등….

여린 봄바람에 실려 온 내 고향에 봄을 풀어 놓으니 고향의 봄 향기와 우리 엄마 정성의 향기가 집안에 가득이고, 어린 시절 고향의 봄 풍경이 아련히 떠올라서 컴퓨터를 켜고 그 시절의 추억을 한 자락 적어 본다.

매서운 찬 바람이 불던 겨울이 떠나고 따사로운 봄이 파릇파릇 내려앉으면 단발머리 소녀들은 소쿠리를 하나씩 들고 들로 산으로 봄나물을 캐러 다니면서 찔레순도 꺾어 먹고, 삐삐도 뽑아 먹고, 송구도 꺾어 먹고, 보리밭에 깜부기도 뽑아 먹고.

그렇게 재미지던 그때 그 시절을 들추어 보니 내 마음은 아직도 그 봄날에 그 소녀적 그대로이건만. 뒤돌아보니 세월은 까마득한 그 옛날이로구나….

　그 시절에 조잘조잘 재미지게 함께 놀던 내 친구들아, 어느새 우리도 중년이란 이 꼬리표가 붙었구나….

　이건 아마도 속절없는 세월 탓일런가?

　그리고 너와 나의 고향 그곳에는 우리 엄마가 계시기에 나는 고향을 떠나 살아도 고향의 사계절 맛을 다 보고 산다.

　참으로 고맙고 감사한 일이다.

　찔레꽃 피는 5월이오면 우리 엄마가 계시는 그곳 내 고향에 가리라.

　꽃향기를 따라서, 봄 향기를 따라서 내 고향으로, 우리 집으로….

　그러나 이제는 봄이 오고 봄바람이 불어도, 봄바람에는 내 고향 그곳에 봄 소식은 한 줌도 실려 오질 않는다.

　봄바람에, 고향에 봄소식만 안 실려 오는 것이 아니라 이제는 내 고향 집에 찾아가도 반겨 주는 이도 그 아무도 없다.

　여전히 봄은 해마다 오고 찔레꽃도 해마다 피고 지고 하건만.

그렇다. 찔레꽃이 피는 그 어느 해 5월 어느 날, 내 고향 집에 가던 날 담장 너머에는 찔레꽃이 웃고 앞산에서는 소쩍새가 하염없이 울어 대던 그해 봄.

달빛이 가득히 내려앉은 오두막 내 고향 집에서 우리 엄마와 도란도란 이야기꽃 봄꽃처럼 피우던 봄꽃처럼 아름답던, 봄볕같이 따사롭던 그해 봄은 그렇게 세월이란 바람에 봄꽃이 지듯 져 버리고.

이제는 내 고향 그 오두막 우리 집에는 늙은 여인인 나에 추억 어린 그리움만 봄날에 찔레꽃이 피듯 그렇게 피고 지고, 지나가는 길 손님 바람만 세월만 하염없이 들락거릴 테지….

이 어찌 아니 그리울 수 있으랴.

세월 저 너머에 기억으로 머무는 그 그리움들….

이렇게 뒤돌아보니 세월 저 너머에 기억으로 머무는 그 그리움들이 진정 사람 사는 모습이었으리라 싶다. 그랬으나 지금 내가 사는 모습은 바삐 가는 세월에 나만 아니 갈 방법이 없으니 그래서 그저 어쩔 수 없이 이끌려 가는 중이다.

그렇다. 말하자면 나는 그저 늙어 가는 중이다.

그 그리움에 날들을 가을철에 떨어지는 알밤을 줍듯 낙엽을 줍듯 기억 하나, 추억 하나. 이렇듯 세월을 주워 모으면서 말이다.

참 고맙습니다

셀프 위로

창밖이 뚜닥뚜닥 하도 분답스럽기에 창문을 열어 봤더니 우리 아파트 화단에 서 있는 앙상한 나뭇가지에 물방울이 대롱대롱 매달려 있다.

저 나뭇가지에 매달린 저 물방울은 빗물일까, 눈물일까? 하는 생각 끝으로 저렇게 가만히 서 있는 나무가 눈물을 흘릴 일이 뭐 있겠는가 싶은데.

다시 한번 더 생각해 보니 가만히 서 있는 나무라고 해서 어찌 늘 평온한 자태로만 서 있겠는가 싶은 생각도 든다.

어찌 나무라고 해서 괴로운 일이, 고통스러운 날 또한 없겠는가.

바람이 심하게 부는 그런 날이면 넘어질까 부러질까 걱정일 테고, 비라도 오는 날이면 빗방울에 두들겨 맞으니 이 또한 고통일 테고. 눈이라도 내려앉는 날이면 눈의 무게에 짓눌려서 휘어지고 꼬부라지고, 그 또한 그렇게 힘겨울 테고.

그래도 우리 아파트 화단에 서 있는 나무는 눈 때문에 힘겨울 날은 별로 없을 것 같긴 하다.

지난겨울에도 우리 동네에는 눈 한 송이 안 날리는 그런 겨울이었던 것 같은데, 그래서 나뭇가지에 눈이 내려앉은 그런 풍경은 본 적이 없고. 또 모르지, 나 모르게 내리다가 녹았는지도.

아무튼, 물론 나뭇가지에 매달린 물방울은 나무가 흘린 눈물이 아니라, 말하자면 하늘이 흘린 눈물 빗물이 맞겠지만.

내가 이런 류의 글을 쓰는 사연은, 이 세상에는 억울하고 한 많은 인생을 사는 그러한 사람들도 많겠지만, 나만큼이나 억울하고 한 많은 인생을 사는 사람도 그리 흔치 않으리라 싶고.

그렇기에 나는 하루하루가 고통이며 지옥 같아서 끝없이 흐르는 눈물이 강을 이루어 그 눈물의 강에 세월만 지는 그런 덧없는 삶이 나의 삶이었음에도 남들은 행복에 겨워서 웃는 날만 있는 줄 알고 있으니 그렇게 나는 본의 아니게 빛 좋은 개살구가 되었다.

타인에게 내 모습이 이렇게 행복 모드로 비치게 된 것은, 내가 빛 좋은 개살구로 살아온 이유는, 한 집안에 6남매의 맏이로서의 책무를 충실히 잘 이행하기 위함이었고, 그리고 또 내가 처한 상황이 나 스스로도 용서가 안 되는 현실이라 부끄러운 일이라 쪽팔려서.

그렇다. 나의 삶과 인생이 행복이라 말하기에는 양심에 찔리고, 그렇다고 나의 삶과 인생이 불행이라고 말하기에도 쪽팔리고.

그래서 이렇다 저렇다 말을 안 했을 뿐. 그리고 인생사 내 인생이 웃어야 나도 웃을 수 있음을, 내 삶이 행복해야 나도 행복할 수 있음을, 내 젊은 날의 그때는 몰랐던가 보다.

그랬기에 지금 이렇게 드러내어서 풀어내고 싶은 것이다. 내가 처한 상황이 젊은 날의 그때는 오히려 드러날까 봐 숨기기에 더 바빴고, 걸어 잠그기에 더 급급했던 것 같다.

혹시 틈새로도 새어 나갈까 봐 새어 나갈 틈새가 있나 없나 살피고, 문단속에만 더 급급한 그런 일상이 내 삶이다 보니.

그렇게 빛 좋은 개살구 생활 40여 년 그 끝에 큰 병이 들었지만, 그래서 이제부터라도 마음에 맺힌 한을 풀어내고 싶어서 나의 인생사 사연을 들어 주고 조금이나마 공감해 주고 이해해 주는 그런 사람 한 사람만이라도 있다면 지나온 억울한 세월에 위로가 되지 않을까 싶어서.

물론 타인의 삶을 인생을 고통을 다 이해하는 이는 없을지라도 '그래, 참 많이 힘들었겠구나. 참 많이도 억울했겠구나.' 이 정도만의 공감이라도 얻을 수 있기를. 이 글을 쓰기 시작할 때는 이런 마음으로 시작했는데, 그러나 글을 써 내려 가면서 드는 생각은 자신이 직접 걸어 보지 않은 길이기에 그

참 고맙습니다

길이 비단길이었는지 진흙탕길이었는지 모르는 건 당연한 이치. 그래서 공감해 줄 사람도 없을 것 같지만.

또 혹시라도 그 누군가가 왜 그렇게 그런 삶을 살았냐고 물어봐 주신다면 너무나도 가난한 집안 6남매의 맏이의 운명을 타고난 나는 그렇게 해야만, 그렇게 살아야만 되는 줄 알았다고, 윗물이 맑아야 아랫물이 맑다는 말에 따라서 위에서 잘해야 밑에 동생들도 본받는다고, 말하자면 맏이가 잘해야 동생들도 따라서 보고 배운다고, 동생들의 본보기가 되기 위해서, 맑은 윗물이 되기 위해서 고통도, 눈물도 나는 참고 참고 또 참고 또 참았으리라고.

그렇다. 한 집안에 맏이로서의 자식 된 도리는, 나의 고통과 눈물은 참고 견디는 것이라는, 말하자면 나의 삶보다 책무, 의무, 도리를 잘 이행하는 것이 그것이 인생이고 삶이라 생각했으리라.
이 얼마나 어리석은 생각의 잣대였던가 싶기도.

젊은 날의 그때는 그렇게 사는 것이 최선이었던, 나의 삶의 방식이 틀렸다는 것을, 말하자면 그때는 나의 삶이 방식이 옳았으나 지금 이만큼의 나이를 먹고서 생각의 잣대로 재면 젊은 날 그때에 나의 삶의 방식이 틀렸다는 것을.

그리고 지금에 와서 나의 삶이 방식이 틀렸다고 생각하는 것은 맏이로서 가난한 우리 집안을 위해서 그렇게 살아온 그 방식이 틀렸다는 것이 아니라, 가난한 우리 집안을 위해서 살아온 것이 당연히 옳다고 생각하지만, 다만 우리 집안을 위해서 살았다 하더라도 나의 삶도 소홀히 하지 않고 살았더라면 하는 것이라.

사실 이런저런 이유를 다 떠나서 윗부분에서 말했듯 오로지 우리 집 가정 경제만을 위해서 최선을 다한 인생과 삶이 결국은 내 인생을 송두리째 망치게 되는 그런 이유가 되었기에, 나를 위한 그런 삶을 살았더라면 절대로 일어나지 않았을 일이었기에.

참 고맙습니다

그렇다. 인생은, 삶은, 너의 삶을 챙기더라도 나의 삶도 챙겨야 한다는 것을, 이렇듯 자명하고 당연한 이 사실을 나는 너무너무 늦게서야 깨달았다는 것을.

깨달았을 그때에 이미 나는 많이 늙어 버렸고 이미 병이 든 이후였고, 이미 내 인생길의 시계는 어느새 중천을 지나서 석양길로 접어드는 그 길목에 나 홀로더라.

비록 내 인생길은 덧없이 억울하게 하염없던 눈물 따라서 지고, 세월 속으로 흘러가 버리고, 그렇게 내게 남은 것은 몸도 마음도 상처투성이뿐이었지만, 그렇지만.

그래도 이렇게 내 인생길의 여정, 석양길로의 이 길목에 들어서니 말하자면 노년의 인생이라는 이 길로 가는 이 나이가 되어서니, 이제는 나이도 나이인 만큼 하루하루 속절없이 늙어 가노라니.

세월의 무게도 나이테의 무게도 무겁기가 그지없고 버겁기가 더없는데, 거기에다 마음에도 무거운 짐을 지고 그렇게 노년의 길을 걷기에는 너무 벅찰 것 같아서 이건 무리다 싶고.

그래서 틈새 하나 없도록 꼭꼭 걸어 잠가 둔 내 마음에 창을 열고 긴긴 세월 속에 내 마음 창고에 차곡차곡 쌓아 둔, 억울해서 한이 맺힌 덩어리를 풀어서 세월이란 바람결에 실어서 과거 속으로 띄워 보내야, 그래야 노인의 길, 삶의 여정도 조금은 가벼워지리라 싶은 이 마음에서. 그리고 이렇듯 내 마음의 창고에 쌓아 둔 것도 나 스스로 비워야 하듯이.

그래서 타인으로부터의 위로를 기대하며 이 글을 쓰기 시작할 때, 그 마음은 다 접고 내가 나를 위로하고 다독이며 그리 사는 게 상책이라는 생각에서, 말하자면 셀프 위로.

그렇다. 살다 보면 때로는 셀프 위로가 필요할 때도 있다. 그래서 나는 많이 미안하다고 나에게 말을 한다. 나를 잘 챙기지 못해서. 남들처럼 살지 못해서.

또 풍전등화 같은 굴레 속에서 병들어 가는 나를 나는 붙들고 견뎌 내느라, 버텨 내느라, 살아 내느라 정말정말 고생했고 그리고 수고했노라고.

그리고 나도 내 인생을 내가 잘못 설계해서 망친 거라면 그 책임 또한 내게 있음이고, 그렇다면 나 이렇게 억울하게 한 많은 인생을 살아왔노라고.

나 사실은 빛 좋은 개살구 같은 삶이었노라고, 이렇게 남에게 말하고 싶은 이러한 마음을 가지지도 않았을 테고. 그리고 또 혹시나 공감을 해 줄 그 누군가가 있지 않을까 하는, 그렇다면 이 또한 위로가 되지 않을까 하는 이러한 마음 또한 가지지도 않았을 텐데….

그렇담 이런 류의 글을, 말하자면 자서전 같은 내 인생길과 삶의 이야기 같은 글을 이 지면에다 쓸 이유 또한 없었을 테고, 달빛 아래 핀 박꽃의 청초한 자태처럼, 풀섶에 내려앉은 청명한 이슬처럼 이렇듯 밝고 맑은 글을 쓰며 늙어 가고, 나름 우아한 자태로 나이 들어 가고 있을 테고….

또 한편으로는 그래도 이렇게라도 한으로 맺힌 내 마음을 풀어서 나열할 수 있는 이러한 공간이, 이런 지면이 있음에 그저 감사하며, 말하자면 내 마음 전체를 차지하고 있는 아픔, 슬픔, 고통 이 모두를 싹 다 이 지면으로 옮겨 놓고 덮어 두고 싶어서. 그러면 이 지면은 내가 펼쳐 보지 않으면 이 속에 무엇이 들어 있는지 모르니까 잊혀지지 않을까 싶어서. 그러니 이 지면이 나는 참 많이 고맙고 또 감사할 것이다.

그래서 또 다른 위로가 될 수도 있으리라는 마음으로 '셀프 위로'라는 이 제목으로 써 내려 온 이 글에 마침표를 찍는다.

그러나 이렇게 장문으로 써 내려 온 이 글에는 마침표를 찍었지만 사실은 내 마음 창고에는 타인의 위로도, 셀프 위로도 위로가 되지 않는 그렇다고 해서 이 지면에도 나열할 수가 없는 덮어 둔다고 한들 덮어지지 않는, 비운다고 한들 비워지지도 않는 어쩔 수 없는, 이렇게 내 인생을 삶을 처참하게 만든 원인 덩어리는 여전히 그대로 남아 있으리라마는.

그렇지만 그래도 본의 아니게 달게 된 빛 좋은 개살구란 이 꼬리표만이라도 뗄 수 있으리라는 이런 생각도 한편으로는 드니.

그렇다면 그나마 이 또한 작은 위로는 될 테니.

그래서 나는 이 지면이 참 많이도 고맙고 또 감사하다고 말하는 것이다.

기다림

진종일 너 생각뿐이다.
언제나 올까?
그 어떤 모습으로 올까?

지금은 어디쯤이나 왔을까?
창가에 앉아 창밖을 살핀다.

어제도
오늘도

이렇듯 손꼽아서 기다리고

참 고맙습니다

기다리는 너는 바로 새봄.

새봄 너를 이토록 기다린 단 하나.
겨울은 내가 너무너무 추워서이다.

그렇다. 다른 이유는 없음….

2023년도의 봄

지난밤에는 바람 불고 비가 추적추적 내리더니 비와 바람이 새봄을 뿌려 놓고 갔나 보다. 봄이란 씨앗을 아주 골고루 잘 뿌렸는지 도심의 이곳저곳에 2023년도 새봄이 내려앉았다.

그렇다. 여기서도 저기서도 "할매, 봄이에요. 봄이 왔어요." 도심의 이미지는 봄이 이렇듯 나에게 인사를 건네는 듯한 이러한 풍경이고 운치다.

그래서 나는 "그래요. 봄님이시구려. 반가워요, 새봄님. 올해도 예쁜 꽃, 따뜻한 햇살 한 아름 안고 오셨구려. 정말로 예쁘고 정말로 곱네요."

이렇게 봄과 인사를 주고받으면서 걷는 길.

아스팔트 길 틈새에도, 길모퉁이에도 봄이 보인다.

푸릇푸릇 새싹들이 하나둘 고개를 내밀고 있는 그 모습을 보면서 드는 생각은 '이구, 어쩌다가 하필 저렇게 척박한 공간에다가 뿌리를 내리게 되었을까. 이 세상에는 흙 많고 물 좋은 땅도 많고 많은데 말이다.'

아스팔트 길 틈새 좁은 공간에 옹기종기 모여앉은 새싹들을 보니 왠지 애처롭다는 마음이 드는 건 아마도 할매의 노파심일 것이다.

어쨌든 세상사 내 마음대로, 내 뜻대로 안 되는 것이 어디 인생뿐이던가. 식물이라고 다를 바 뭐 있겠는가.

그렇다. 하늘에서 떨어지는 빗방울도 있고 꽃밭에 떨어지는 빗방울이 있고, 가시덤불에 떨어지는 빗방울도 있듯, 햇살도 꽃밭에 내려앉는 햇살이 있고 가시덤불에 내려앉는 햇살도 있듯.

세상사가 인생사가 다 그러하니 이 또한 그저 내 팔자이려니. 그렇게 순응하며 인생사 내가 앉은 자리가 열악한 환경이

라도, 척박한 공간이라도 다들 최선을 다해서 열심히 살아가
듯이 식물 또한 척박한 그 공간에서도 꽃도 피우고 향기도 피
우며 어쩌다 뿌리 내리고 앉은 자리가 많은 이들이 오고가는
길이라.

그렇다 보니 때로는 그 어느 누군가의 발길에 짓밟히기도
하면서, 때로는 빗물에도 젖고 바람에도 흔들리며 그렇게 한
해를 날 테지.

아마도 나의 세상살이도 너의 세상살이도 그렇게 그렇게 겹
겹이 세월을 입을 테지. 그렇게 온갖 고난과 역경을 겪고서도
마치 아무 일도 없었던 듯이 그럼에도 돌아보면 때로는 그 어
느 누군가의 발길에 짓밟히기도 하고, 때로는 빗물에도 젖고
바람에도 흔들리는 그런 날도 있었으나, 그래도 궂은 날보다
는 맑고 밝은 좋은 날이 더 많지 않았던가.

이만하면 그런대로 괜찮은 세월이었노라고 위안의 미소 피
울 테지.

너도 나도….

아무튼 어느새 또다시 이렇게 새봄이 찾아왔다.

따뜻하고 포근한 봄이란 이불을 덮어 주니 그래서 겨우내 찬 바람에 움츠렸던 할매 마음도 따뜻한 봄 햇살에 펴지고 포근한 봄바람에 따뜻해지고, 찬 바람이 걸렸던 앙상한 나뭇가지에도 새봄이 걸리고, 지나다니는 바람결도 한결 살갑게 스쳐 지나가고 이젠 정말 봄이라고 말을 하는 것 같은 이 풍경들은 그야말로 봄으로의 초대장 같은, 2023년도 새봄이 내려앉은 이 세상은 참으로 따뜻하다. 햇살도 그렇고 바람도 그렇고.

그래서 마치 바람이 웃고 햇살이 웃는 것 같은 그런 풍경이고 곧 꽃피고 따뜻한 2023년도 봄의 향연이 펼쳐질 테지. 그렇게 아름다운 자태로 피어날 새봄의 새로운 희망도 피워 봄이라.

그리고 지난겨울은 그 얼마나 추웠던가.

그럼에도 이렇듯 분명히 새봄이 오듯이, 새봄도 여기까지 오는 길이 그리 순탄하지만은 않듯이.

겨울이 가다가 돌아보고 또 돌아보니 봄은 오다가 움츠리고 떨고, 말하자면 때로는 꽃샘추위에 움츠렸다가 때로는 꽃샘바람에 떨다가 그렇게 오지 않더냐.

그러함에 내 인생에 봄날을 기다리는 그 계절에도 그 언젠가는 분명히 봄날이 오리라는 봄날 같은 아름다운 희망으로 2023년도의 새봄을 맞이해 봄….

참 고맙습니다

봄 그리고 노인의 봄

　화사한 봄꽃처럼 아름답던 내 젊은 날들은 세월이란 바람결에 지고, 내 나이가 어느새 벌써 65살. 이제는 그야말로 노인이다.

　그래서 이제는 내 인생에 계절의 봄은, 노인의 길이란 이 이정표를 따라서 그렇게 올 테지. 그리하여 나는 올해부터는 이름하여 노인의 봄이라.

　그렇다면 노인의 봄은 어떤 봄일까.

　이 물음표에 내 마음을 담아서 올해의 봄을 가만히 보고 있자니 봄바람도 그렇고, 봄 햇살도 그렇고, 봄꽃도 그렇고, 변화 없이 여전히 곱고 변함없이 예쁘고 아름답다.

　늘 오던 그 자태 그 모습 그 봄 그대로이다.

　그렇다. 봄은 차별을 하지 않는 듯하다.

　청춘의 그 봄이나, 노인의 이 봄이나.

어쨌든 그리고 이 글을 쓰고 있는 지금 이 시간 창밖에는 봄비가 하염없이 추적추적 내리고 있다. 창을 열고 바라보니 노인의 봄에 내리는 봄비도 여전히 예쁘다. 그러하니 괜한 걱정이었지 싶다. 노인의 봄은 아름답지 않을 수도 있지 않을까 하는 이 생각 말이다.

노인의 봄이라고 달라지는 건 어디까지나 내 마음의 봄뿐인 듯. 아무튼 노인의 봄 창밖 풍경은 변함없으니.

그렇다. 노인의 봄 창밖 풍경도 노인의 봄 세상도 달라진 게 없으니 내 마음의 자세 이정표만 바꾸면 되는 것이라고, 내 마음을 잘 설득하면서 그리 살아가면 되리라.

그리고 노인의 봄이라서라기보다는 65살 나 노인의 일상에 조금 달라진 게 있다면 하루에도 몇 번씩 내 나이를 자주 확인하게 된다는 것.

보다 젊은 날에는 인생사 사무적인 일을 볼 때나 또 누가 물어보지 않으면 굳이 확인하지 않던 내 나이를 요즘은 인터넷이나 뉴스 기사로 자주 오르내리는 만 65세 이상 이 숫자가 내 나이이다 보니 그렇다.

그러긴 하지만 호적상으로는 아직은 65세가 아니라서 그래서 사무적인 실상에는 이렇다 할 변화가 없어도, 나 젊은 날에는 일상에서 빗방울이 떨어지는 소리도 낙엽이 떨어지는 소리도 꽃이 피고 지는 소리도 또 다른 음악 소리와도 같았으리라마는.

노인이란 이름으로 지금에 나는 이 모두가 그저 또 다른 소음일 때도 있으니 말이다.

이건 아마도 가는 세월에 나이테는 늘어나는 데 비해 감성 지수는 오히려 줄어들었기 때문일 테지 싶다.

이 말은 곧, 내가 이만큼이나 늙었는데 어찌 나의 감성인들 아니 늙을 수 있으랴….

이렇듯 변화무쌍한 생각들이 봄꽃처럼 피고 지고 봄바람을 따라서 흩어지고, 이제 내 나이가 참 많다는 생각도 수시로 들고.

그러던 어느 날, 얼굴을 한 번도 본 적 없는 사람과

전화 통화 할 일이 있었다. 통화 중 나의 소개를 하는데 "저는 김순아 아줌마입니다." 이렇게 소개를 하고 전화를 끊고 나서 드는 생각은, '아차, 내가 말을 잘못했나? 거짓말을 한 건가? 실수를 한 건가?' 할머니라고 해야 하는데 아줌마라고 무심결에 말을 했으니.

아줌마라고 말한 것이 괜히 양심에도 찔리고. 이제는 나의 호칭이 아줌마가 아니라 할머니가 되어야 하는 것이 마땅하다.

그렇지만 무심결에도 할머니 소리보다 아줌마란 소리가 먼저 나오는 것은 아직은 내 마음이 노인이란 꼬리표가 달린 것을 인지하지 못한 탓에 때로는 본의 아니게 실수를 하게 된다. 그래서 앞으로 또 말실수를 하게 될까 봐 나는 나를 교육 중이다.

'나는 할머니다. 그렇다. 나는 할머니다.'

이렇게 중얼중얼거린다.

그리고 어쩔 수 없는 세월 흐름에 나는 늙었으나 어디 마음이야 그러한가. 마음은 세월도 비켜 간 듯 또 나도 할머니란 이름으로의 인생은 처음이니까 할머니로서의 그 삶에 적응할 시간도 필요하리라. 이렇듯 나 스스로 나에게 위안을 해 보기도 하지만.

어쨌든 어느 날 갑자기 할머니가 되고 노인이 된 것 같고. 그러나 사실 진작에 할머니 그리고 노인이 되었으나 아마도 내가 인지를 못함이 그러하리라 싶기도 하고.

또 한편으로는 마음의 자태도, 생각의 자태도 점검해 보게 되고. 그래, 이제는 대한민국의 공식적인 노인의 나이가 다 되었으니.

물론 노인이 되었다고 해서 삶이 크게 달라지는 것 또한 없으리라마는. 그렇다고 할지라도 그에 맞는 모습 그에 어울리는 자세 또한 있으리라 싶고. 그래서 이렇듯 나름 노인으로서의 인생길 준비는 하고 있으나.

또 내 마음의 한편에는 가슴에 손수건 달고 명찰 달고 국민학교 입학하던 그때가 불과 얼마 전 일인 것만 같은데.

그런데 어느새 내가 대한민국의 공식적인 노인의 나이가 다 되었다니 싶어서 오늘 여기까지 온 날들의 세월을 찬찬히 끌어당겨 보니 아주 오래전 일이긴 하다. 이렇듯 늙은 여심은 노인의 길 이정표 앞에서 하염없이 변화무쌍하다.

물론 노인의 길, 말하자면 노년이란 인생에 이 길은

나 혼자만이 가는 그런 길이 아니라 그 어느 누구나 다 가는 길. 모두가 다 가야 하는 길이라서. 인생길 꽃길을 걸어온 사람도, 가시밭길을 걸어온 사람도.

그래서 이 길에는 길동무가 참 많다. 앞서거니 뒤서거니 그렇게, 너도 가고 나도 가는. 우리 모두가 가는 노년의 길. 이 길은 그 어떤 길일까 궁금한 것도 사실이다.

하여 봄꽃의 향기 봄바람의 향기 더욱 짙어져 가는 봄날의 창가에 앉은 65살 노인인 나의 마음의 여정도 세월을 입는다.

참 고맙습니다

그리고 노년의 길로 가는 이 길의 이정표가 이렇게 빨리 보일 줄을 진작에 알았더라면 적어도 이렇게 앞만 보고 오지는 않았을 텐데. 길옆에 피고 지는 꽃 구경도 하고 낙엽도 한 잎 주워 보며 그리 왔을 텐데.

이렇듯 아쉬운 미련의 여운을 노년의 길 이 길에도 그 나름의 운치와 나름의 아름다움 또한 있으리라는 마음으로 그리고 지금 여기까지 온 이 길과도 크게 다르지는 않으리라는 이 말을 위안의 지팡이로 삼아서, 그렇게 노년이란 이 길을 걸어가 보자고 나는 나에게 약속을 해 보지만.

사실 지금 여기 오는 길이 하도 험난한 길이다 보니 제대로 된 길을 걸어 본 적이 없었기에. 그래서 길옆에 꽃이 피고 졌는지 낙엽이 떨어졌는지 쳐다볼 새도 없었지만.

그렇다. 가시밭길 헤치고 진흙탕길 빠져나오느라 허우적거리다 보니 어느새 벌써 나는 65살 노인이더라.

이렇듯 노년으로 가는 길 문턱에 앉아서 지금 여기까지 걸어온 길을 뒤돌아보니 그토록 그렇게 험난한 그 길을 내 어찌 왔을까 싶어서 아득하고. 그렇게 험난한 그런 길을 그토록 오

래도록 걸어 마음도 몸도 그 얼마나 상처투성이일까 싶기도
하다.

　그리고 봄꽃같이 아름다운 내 젊은 날 그 세월에는, 내 인
생의 계절에는 꽃 피고 지는 그런 따뜻한 봄날도 없었고, 낙
엽 떨어지는 풍요로운 이런 가을도 없었고, 오로지 찬 바람
부는 계절, 겨울뿐이었음에.
　그래서 꽃길도 낙엽길도 본 적도 없는 것이 당연하리라마
는. 그렇다. 비록 아름다운 그 세월에는 꽃길도 낙엽길도 본
적도 없이 덧없이 켜커이 세월을 입었으나.

　그래도 늦었다고 생각할 때가 가장 빠르다는 이런 말도 있
듯이 그래서 이제는 꽃이 필 때면, 낙엽이 떨어질 때면 감상
도 하면서 그렇게 그리 한 번쯤은 살아 봐야 하지 않을까 하
는 마음이기도.

그리고 지금이라도 바꿀 건 바꾸고 고칠 건 고치고 그렇게 살아야 되겠다는 생각도 든다.

　나는 성격이 엄청 급한 편이라서 65년을 매사 그렇게 급하게 살아왔다. 그 예를 한 가지 적어 보면 성격이 하도 급하다 보니 키는 150센티미터 초반 정도 되는데, 지금은 원래도 작았던 키가 줄어들어서 더 작아졌지만, 택시나 승용차를 타고 내릴 때는 머리를 자주 부딪치게 된다. 성격이 급해 모든 일에 마음이 먼저 움직이다 보니, 머리를 많이 숙이지도 않고 차에 오르고 내리고 하다 보니, 사실 많이 바쁠 것도 하나 없는데도 늘 마음만 바쁘다 보니.

　그래서 이제부터라도 성격을 좀 느긋한 방향으로 바꾸어 보자고 다짐도 해 본다.

아버지와 산딸기

그 옛날에 산딸기가 알알이 익어 가는 산딸기 철이면 들로 산으로 이른 새벽일을 나가셨던 우리 아버지가 집으로 돌아오실 때 지고 오시는 그 풀짐 속에는 칡넝쿨 이파리에다가 싼 새벽이슬 촉촉히 머금은 싱그럽고 새콤달콤한 산딸기가 한 움큼 들어 있었지요.

어릴 적에 내 마음 그저 산딸기였으리라 이제야 아버지의 그 마음을 헤아립니다. 그때 칡넝쿨 이파리에다 싸 가지고 오신 그 산딸기는 자식들 생각으로 알알이 따 모아 오셨다는 것을.

그리고 지금도 그 밭 언덕에는, 그 산기슭에는 산딸기 알알이 익어 갈 텐데 세월은 모른 척하네….

참 고맙습니다

붓꽃이 필 때면

여름비 추적이는 날에
추억이란 우산을 들고
나는 빗속을 걸어 보리⋯.

그 예전 깊은 산골 우리 논가에 있는
옹달샘에는
보라색 붓꽃이 참으로 많았었는데⋯.

나는 그곳에 붓꽃이 필 때면
논일을 가시는 우리 아버지를 따라서
붓꽃을 보러 자주 갔었는데⋯.

붓꽃을 보러 가는 길섶에는
자귀꽃이 흐드러지게 피고
산새들의 노랫소리 정겹고

여름빛 물든 초록초록한 산야
걸음걸음 여름 운치, 여름 경치
정말로 멋지던
그곳에 그길을….

참 고맙습니다

행복은 어디에

사실 나는 이만한 나이가 되도록 살아오면서 내 삶에는 이렇다 할 행복도, 그럴 만한 행복도 단 한 번도 없었다고 생각하는 그런 인생이었으나 내가 유방암 항암 치료를 받으러 병원에 다닐 때의 어느 날, 장대비가 억수같이 쏟아붓고 바람이 엄청시리 심하게 불던 날.

다시 말해, 바람 많이 불고 비 많이 오던 날.

이렇듯 비바람이 심하다 보니 우산을 써도 옷도 다 젖고 신발도 다 젖고 또 비바람에 날아가는 우산을 붙드느라 집으로 오는 길이 엄청 힘이 들었는데, 집 현관문을 열고 들어서는 순간 '아, 내가 찾던 그 행복이란.' 그 행복이 바로 여기에 있었구나 싶었다.

그렇게 불던 비바람도 안 불고, 그렇게 쏟아지던 비도 안 쏟아붓고, 우산이 없어도 바람도 막아 주고, 비도 막아 주니 그래서 몸을 아프게 지진 그 와중에도 잠깐이나마 마음이 가벼워지니 '그래, 뭐 행복이 별거겠나.' 싶은 마음이 들었고, 행복은 웃음 속에만 들어 있는 것이 아니라 때로는 눈물 속에도 숨어 있음을 알게 되었고.

그래서 내 인생에도 삶에도 더러는 행복도 들어 있지 않았을까 싶기도 하다.

그리고 이제는 나이가 나이인 만큼 이렇다 할 행복도 그럴 만한 행복도, 이런저런 모든 행복은 무엇보다도 건강한 삶이라는 생각에서 그래서 건강하게 살 수 있음 만사가 행복이 아닐까 싶기도 하고.

그래서 행복 저장소는, 말하자면 행복은 언제, 어디에서, 어떻게 오는 게 정해져 있는 것이 아니었음을 이 나이에 비로소 깨닫게 되었다.

물론 젊은 날에도 소망하던 행복은 곳간 가득 양식을 채우고 사는 것이 아니라 때 굶지 않고 봄이면 봄바람 꽃바람 여름이면 여름 향기, 풀꽃 향기 드나드는 창가에 앉아서 그 향기와 그 운치를 감상할 수 있는 마음의 여유와 가끔은 책 한 권 정도라도 읽을 시간적 여유와 가을철이면 뚜닥뚜닥 떨어지는 낙엽 주워 담을 소쿠리 하나에 겨울에는 앙상한 가지만 남은 겨울나무마냥 찬 바람에 떨지만 않으면 족하리…

　이 정도의 삶이면 인생이면 더없는 행복이라 생각했기에.

가을 그리고 추석

비가 오락가락하는 2023년 구월 중순의 어느 날.

아파트 정원수 아래 길을 걷고 있는 내 앞으로 아직은 덜 익은 나무 이파리가 팔랑 떨어진다.

그 순간 '아, 가을인가.' 이 생각이 먼저 스쳐 지나가더라.

그래서 가던 길에 발걸음을 잠시 멈추고 나무 아래로 한 잎 두 잎 떨어지는, 아직은 덜 여문 나뭇잎을 바라보았다.

요 며칠 동안에 비 오고 바람 부는 날이 잦아서인지 이미 떨어져서 길바닥에서 구르는 이파리도 많고, 그래서 벌써 길거리 풍경은 마치 가을길 같았다.

아직은 덜 여문 낙엽이 흩어져 있는 길 위를 찬찬히 살펴보니 덜 익은 이파리만 있는 것이 아니라 벌써 노랗게 빨갛게 가을빛 물든 낙엽도 보이고 이러한 풍경은 또 한 계절은 저

만큼 가고 있고 또 한 계절이 저만치에 오고 있음을 말해 주는 것이라고 말하며 마치 가을로의 초대장이라도 받아 든 것처럼 늙은 여심은 가을이 오는 길목에서 이렇듯 서성이고 있음은, 아마도 가을님을 기다리는 듯하다.

이렇다 할 기다림도, 그럴 만한 기다림도 없는 늙은 여인의 일상에 기다려지는 그 무언가가 있다면 이 또한 나름에 위로가 아니겠는가. 그 기다림이 비록 내가 기다리지 않아도 오고 가는 계절이자 세월일지언정 말이다.

그리고 떨어진 봄꽃을 밟고 휘날리는 봄꽃비를 맞으며 마트에 장 보러 가던 봄날에 이야기를 적은 흔적이 컴퓨터 자판에서 아직 채 지워지지도 않은 것 같은데 가을 이야기를 또이렇게 적고 있으니 계절은, 세월은 참말로 바빠도 움직인다싶고.

그리고 보니 2023년도 추석도 얼마 안 남았네.

어느새 벌써 또 가을도 다가오고 추석도 다가오고 그래서여기저기서 가을 느낌도 묻어나고 추석 분위기도 묻어나니괜히 마음이 바빠진다.

독거노인인 나는 추석이라고 해 봐야 딱히 뭐 준비할 것도, 준비할 일도 별로 없으니 바쁠 이유가 하나도 없는데도 말이다.

아주아주 오래전 유년 시절에 그 추석을 추억하고 그리워하는 일밖에는. 그렇다. 가을이 다가오고 추석이 가까워지는 이맘때쯤이면 나는 추석 맞을 준비를 하기 위해서 시장에 가신 우리 부모님을 기다리고 또 추석에 입으려고 장롱에 넣어 둔 새 옷을 꺼내서 입어도 보고, 그 새 옷 입을 추석날을 손꼽아서 기다리던 세월 속에 묻힌 그때 그 시절을 2023년도 추석이 얼마 남지 않은 오늘 들추어 본다.

추석, 정말로 많이 기다리는 그런 날이었지.

지금 생각해 보면 추석을 그토록 간절하게 기다린 이유는 아마도 새 옷 입고 평소에는 먹을 수 없었던 음식을 먹을 수 있는, 그런 날이라서 그랬던 것 같기도 하다.

그렇다. 추석날이면 고기 국물이라도 한 숟가락 먹을 수 있고 문어 다리에, 오징어 다리에 과일 한 쪼가리라도 먹을 수 있으니 그야말로 즐겁던 추석. 내가 한가위 보름달만큼이나 풍성하게 즐거울 수 있었던 것은 우리 부모님 노고의 땀방울 덕분이라는 것을.

그때 그 시절에 우리 집은 우리 땅이라고는 한 평도 없는 정말로 너무나도 가난한 그런 집안이었기에, 그래서 아버지는 남의 집 부잣집 일을 해 주시고 또 이 산으로 저 산으로 다니시며 약초를 캐 팔아서 그렇게 마련한 돈으로 옷도 사 주시고, 신발도 사 주시고, 먹을거리, 입을 거리를 그렇게 마련하셨다는 것을 나이 들어 가면서 알게 되었으나 그때는 이미 너무 늦은 때였다.

그렇다. 그렇게 우리 부모님의 노고에 힘입은 먹는 즐거움과 입는 즐거움으로 그야말로 풍성하던, 그야말로 '더도 말고 덜도 말고 한가위만 같아라'였던 나의 즐거운 추석은 이제는 세월 뒤에 숨어 버리고, 독거노인이 된 나의 추석은 그저 적적함만 공허함만 한층 더 풍성해지는 그런 날이 되었다.

그리고 추석은 설렘과 기다림이라는, 내가 젊은 날에 그렇게 알고 있었던 이 말이 때로는 틀린 말이 될 수도 있음을, 또 추석은 즐겁고 신나는 날이 아닐 수도 있는 날이로구나라는 이 말의 뜻을 잘 이해하는 그런 날이기도 하다.

그렇다면 지금 이러한 현실은 또 다른 삶일까? 또 다른 경험일까?

아무튼 독거노인의 삶을 살아가는 지금의 나는 추석도 그저 바라보는 추석이 되었다.

추석을 맞이하여 가족들과 즐거운 풍경도 귀경길 풍경도 뉴스로 보는 이런 처지가 되었으나, 그러나 나도 있었다. 바라보기만 하는 추석이 아닌 실행하는 그런 추석 말이다.

뉴스에 나오는 사람들처럼 선물 보따리를 챙겨 들고 우리 부모님이 계시는 내 고향으로 가던 그런 날들이 있었거늘.

그렇다. 내 고향집으로 가는 길 이정표는 예나 지금이나 크게 다를 바 없으나 내 삶의 길 이정표는 참 많이도 달라졌다.

참 고맙습니다

아무튼 그래도 추석은 가을철이라서 결실의 계절인지라 창밖 풍경은 아름답고 풍성하지만 설날은 어쩔 수 없이 겨울인지라 공허한 풍경에 앙상한 나뭇가지 사이로 찬 바람만 하염없이 드나드니, 창밖 풍경 또한 삭막하고 을씨년스럽기가 짝이 없으니.

독거노인인 나의 설날 그 적막함이야 말해 뭣 하랴.

그래도 명절은 예나 지금이나 즐거운 날일 테지….

그렇다. 전후 사정이야 어쨌든 명절이 예나 지금이나 즐거운 날이듯, 노인의 봄이 봄처럼 아름답듯 다가오는 노인의 가을 또한 가을처럼 아름다우리라 그렇게 믿고 싶다. 이런 마음은 아마도 스스로에 대한 위안일 것이다.

2023년도 봄을 노인의 봄이라는 이름으로 맞이했듯 가을 또한 노인의 가을이라는 이름으로, 다시 말해서 나는 이젠 가을 할매라고 조용히 말해 본다. '그런들 또 어쩌랴'라고….

사실 글로는 이렇게 나는 가을 할매라고 적고 있으나 아직도 마음은 소녀적 그 가을에 머물고 있으니.

그 옛날 우리 아버지와 함께이던 그해 가을 말이다.

가을철이 되면 아버지를 따라서 밭에 가는 날에는 나는 밭 언덕에 핀 구절초를 꺾느라고 엄청 바빴었다. 흐드러지게 핀 구절초 한 아름 꺾어 안고 해맑게 웃던, 이름하여 자칭 가을 소녀 그 동심의 계절에 가을바람이 살랑살랑. 구절초 가지를 흔들어서 꽃향기, 가을 향기 지천으로 채울 때.

아버지는 가을을 캐고 꺾어서 지시고, 나는 가을을 꺾어서 이고. 말하자면 아버지는 고구마, 콩, 팥 등등을 담은 지게를 지시고 나는 구절초 담은 소쿠리를 이고 그렇게 가을을 지고 이고. 밭에서 집으로 오고 가는 그 길섶에는 가을이 내려앉아서 가을빛 머금은 큰 꽃, 작은 꽃, 가을꽃이 지천으로 그렇게 가을이 예쁘게 피고. 가을빛 물든 도토리가, 머루가, 다래가, 으름이 등등이 익어 가는.

그렇게 가을이 알알이 익어 가고 그렇게 온통 가을빛이 가을 향이 드리워지고. 그렇게 가을의 향연이 펼쳐지는 그야말로 가을가을한 가을길을 걸어서 집으로 오는 아버지와 딸의

참 고맙습니다

모습을 생각해 보라.

이 얼마나 정겨운 풍경인가. 그리고 얼마나 아름다운 풍경인가.

나름 제목을 붙이자면 '정겨운 가을 동행', 그리고 '가을 여정'.

이 또한 또 다른 아름다운 가을 풍경이었으리라….

그렇다. 아버지도 젊으시고 나도 젊었던 그때 그 시절, 그해 가을로 가는 세월이란 이 징검다리를 글로써 건너고 있다.

지금은 자칭 가을 할매라는 이름으로, 그리움으로 이렇게 나 홀로 쓸쓸히. 그러나 나도 있었다, 봄꽃처럼 화사하고 가을꽃같이 곱던 그렇게 젊고 어여쁜 그런 시절이, 세월이 분명히 말이다.

65살 할매가 책을
출간하고 싶은 사연

　65살 할매가 대한민국 우리나라를 주제로 이 글을 쓰게 된 사연은 저 혼자만의 힘으로는 해결하기에는 많이 벅찬 일, 말하자면 큰 병을 우리나라 대한민국의 복지 정책에 힘입어서 치료를 하게 되었기에 이렇게 치료 잘 받고 이렇게 살아갈 수 있음이 생각하면 생각할수록 더없이 고맙고 더없이 감사한 마음에서, 많이 부족한 글이고 많이 서툰 글이지만 그럼에도 용기를 내어 이렇게 쓰게 되었습니다.

　그리고 이렇게 글을 써서 책을 출간하려고 하니 감사한 마음에 쓴 글만으로 책을 출간하기에는 원고 분량이 너무 적어서, 그래서 평소에 써 두었던 글을 모아 에세이로 책 출간을 해 보려 합니다.

참 고맙습니다